一年の風景

新装版

池波正太郎

朝日文庫

本書は二〇〇七年十二月に小社より刊行された文庫の新装版です。
（単行本は一九八二年九月刊）

一年の風景　新装版●目次

I

IV

一年の風景

新装版

I

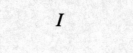

セトル・ジャンの酒場

はじめてフランスへ行ったとき一緒に仕事をした、当時パリ在住の写真家・吉田大朋さんが、私のことを、

「はじめてパリへ着いたとたんに、まるで東京を歩いているように歩いている。こんな人は、はじめてだ」

と、いったそうな。

そうかも知れない。そのときの私には時差の感覚もなく、何の違和感もなかった。生来、こうしたことには鈍感なのだろう。

これは、いまにはじまったことではなく、若いころの……たとえば戦争中に海軍へ入ったときなども、私は自分というものを、素早く変化させることができなかった。

つまりは順応性がない。このため、軍隊ではひどい目に遭《あ》った。

フランスへは合わせて三度行ったが、そのたびにひどい目に遭わなかったのは、あの国が私の肌に合っているからなのだろう。

四年前に行ったとき、大朋さんが「あなたの好きそうな酒場を見つけましたよ」と、連れて行ってくれたのが、旧中央市場《レ・アール》の居酒屋〔B《ビー》・O《オー》・F《エフ》〕だった。

もう二百年も前からつづいている店で、当主のセトル・ジャンが経営するようになってから五十年にもなるという。

私は〔B・O・F〕が、いっぺんで気に入ってしまった。

モーゴンの地酒とパンとチーズだけの店で、ジャン老夫婦が常連を相手に商売をしている、その雰囲気がたまらなくよかった。

私は毎日のように〔B・O・F〕へ通い、老主人セトル・ジャンと親しくなったが、大朋さんが私のことを「この人は日本のシムノンだ」などと大風呂敷をひろげたら、ジャン老人は大きくうなずき、自分の顔が表紙になっているジョルジュ・シムノンの著書を出して来て私に見せた。例のメグレ物の中の一冊だった。

シムノンもパリにいたときは、この店と主人を愛して、夕暮れどきには、ほとんどあらわれたそうな。

「ムッシュウ（シムノンのこと）は、いま、スイスで病気になっちまったらしい」

こういって、セトル・ジャンは眼を瞬《しばたた》いた。

こうなると、この店が尚更《なおさら》に気に入ってしまい、帰国してから出した映画や旅の本へジャン老人の写真や、私が描いた水彩画の肖像を入れたので、その本を贈ったりした。

そして去年、フランスの田舎《いなか》をぶらぶらとまわった旅で、パリへ立ち寄り〔B・O・F〕を訪ねると、店は閉まっていた。ガラス戸ごしに見る店内は何やら荒れ果てている。近所で尋ねてみると、何でもジャンは店を売ってしまったらしいという。

私は、自分が小説の舞台にしている江戸の町の居酒屋の老亭主そのものといってよい印象の、セトル・ジャンと再会できぬ残念さをかみしめつつ帰国したが、その後、パリ在住のA君から「たしかに店は他人にゆずりましたが、常連がさびしがっているので、ジャン老はお昼ごろ、二時間ほど店へ出ているそうです」という便りが来た。

今年の秋。私は、またフランスの田舎をまわることができた。

先《ま》ず、パリへ着き〔B・O・F〕へ行ってみると、店をゆずり受けた二人の若者のうち、フランス人のルノー君が「ムッシュウのことは、ジャンさんからいつも聞かされています。今日は、もう帰ってしまいました」と、いう。

以前には仲よくはたらいていた古女房のポーレットが階段から落ちて腰を痛め、それからずっと寝込んでしまったので、セトル・ジャンは、つききりで看病をしているらしい。

「お目にかかれないで、ジャンさんは、さぞ残念がることでしょう」

と、ルノー君。

「もしかしたら、旅の帰りにパリへもどれるかも知れませんが……」

と、私はジャン老人の肖像画と文章がのっている新刊本を出し、

「お爺《とつ》つぁんにわたして下さい」

こういうと、ルノー君は手をあげて、

「ちょっと、待って下さい」

「え……？」

「それは、ジャンさんにわたす大切な本ですから……いま、手を洗います」

こういって、ていねいに石鹸《せっけん》で手を洗ってから、本を受け取った。

この間に、ルノー君をたすけて酒場をやっているアメリカの青年が立飲台《コントワール》の上をきれいに拭《ふ》いたものである。

この二人の青年の、やさしい神経のくばり方に、私はまったく感動してしまった。

（この人たちに店をまかせているなら、お爺つぁんも安心だろう）

と、おもった。

何とよい青年たちだろう。自分の本を、このようにあつかってくれたことを、いまもって私は忘れない。

田舎をまわって、冬の足音がきこえはじめたパリへもどった私は、セトル・ジャンに再会することができた。

私たちは抱き合った。

ジャン老人は、女房のポーレットの看病に打ち込むために、煙草も酒も絶ったようで、三年前のときのようにアルコール中毒で手がふるえることもなくなったようだ。

七十を越えて尚、がっしりとした躰《からだ》も、白髪を短く刈りあげた顔も血色がよくなり、私たちと乾杯をしたとき、自分のグラスのペルノーにも形ばかり口をつけただけである。

ポーレットに何か御見舞でもとおもい、

「マダムの好物は?」

と尋ねたら、セトル・ジャンはニッコリとして、自分の顔を指さした。

時の過ぎゆくままに

去年の暮れの試写室で、喜劇俳優として人気が高いピーター・セラーズの〔遺作〕ともいうべき映画〔チャンス〕を観た。

ワシントンに住む或る富豪の庭師として、少年のころから邸内に住み込んだまま、ほとんど外へ出ることもなく中年に達した主人公チャンスが、主人の死亡によって、ただ独り、世間へほうり出される。外見は中年男なのだが、チャンスの精神は、まったくの子供のもので、これにテレビで得た知識がアンバランスに同居している。このような頭脳のもちぬしが、ふとしたことがきっかけとなって、大統領候補に指名されるという喜劇だ。

形式はファンタジーといってよいが、内容は、誤解とアイロニーと思いちがいが錯綜《さくそう》する本格喜劇である。

彼の人気を高めたドタバタ喜劇とは、まったくちがうピーター・セラーズの本領が久しぶりで発揮されていい、その演技のすばらしさに、笑いながら観ていて、突然、肌が粟《あわ》立《だ》つような恐怖さえともなう。

セラーズは、二年前に何度目かの結婚をし、リン・フレデリックという若い美女を手に入れたが、その新婚の夢もさめやらぬ昨年、心臓発作を起こし、急死してしまった。まだ五十四、五歳ではなかったろうか。

イギリスの寄席《よせ》芸人を両親として生まれたピーター・セラーズのアイドルは、名優アレック・ギネスだったそうな。

〔チャンス〕におけるセラーズの名演技を観ると、これからの五年十年のうちには、相当のところまで、ギネスにせまることができたのではあるまいか……とさえ、おもわれてくる。

しかし、この一篇を世に遺《のこ》したことを、せめてものなぐさめとしなくてはなるまい。

ところで、この映画にはメルヴィン・ダグラスという、アメリカの老名優が出演している。

ダグラスは、もう八十になっているのではないか……。近年は体調を壊していると聞いたが、意欲的な連続出演を敢行しているあたり、イギリスのローレンス・オリヴェ(七十三歳)と同じだ。

〔チャンス〕でのダグラスは、重病に苦しむ米財界の大立者《おおだてもの》で、アメリカの大統領が、見舞いがてらに政策の相談にやって来るほどの黒幕的存在を演じる。

まるで公園のような庭をもつ大邸宅に、この老財界人は娘のような後妻（シャーリイ・マクレーンの好演）にかしずかれ、一日の大半はベッドですごしているのだ。

その寝室のとなりには、最新の医療器具と主治医と看護婦を常時はべらせるほどの大富豪の面目《めんもく》を、メルヴィン・ダグラスは、

「完膚《かんぷ》なきまでに……」

演じつくした。

骨と皮ばかりといってよい現在のダグラスの風貌には打ってつけの役どころだが、軽い役ではない。

その気魄《きはく》にみちみちた演技は、死を目前にひかえ、ベッドの上でテープへ指令を吹き込む大富豪そのものといってよい。

このダグラスと嚙み合ったゆえに、ピーター・セラーズの名演が誘《いざな》い出されたのかも知れない。さだめしセラーズは、この映画を撮り終えたとき、

（やったぞ！）

俳優としての満足感に浸《ひた》ったことだろう。

そして一年後の、昨年の夏、ピーター・セラーズは死んでしまったが、メルヴィン・ダグラスはニューヨークに生きぬいている。

メルヴィン・ダグラスは、ブロードウェイの舞台を経てハリウッドへ入ったが、戦前

の彼の映画は甘いラヴ・ロマンスが多かった。その中で、エルンスト・ルビッチ監督の佳作〔天使《エンジェル》〕と〔ニノチカ〕に出演し、デイトリッヒとガルボの相手役をつとめたダグラスのラヴ・シーンのうまさには目をみはったものだ。

当時は、いまの映画のように、裸になった男女が抱き合って転げまわるようなラヴ・シーンではない。しかし、女に甘い言葉をささやくダグラスの演技は、相手の女が肌につけた香水のにおいや、熱い吐息まで、スクリーンにただよわせてしまうのだ。

男ざかりの脂に照り輝いていた彼が、戦後十数年を経て、ポール・ニューマン主演の〔ハッド〕で、六十をこえた老人となって私たちの前にあらわれた。その性格演技によって、彼はアカデミー助演賞をはじめて受賞した。

この映画で、裸一貫から大牧場主に成りあがった老人を演じたダグラスの肉体には、まだ精気が残っていたが、しだいに痩《や》せおとろえ、おとろえつつ映画出演がつづき、体力を失っても、凄《すさ》まじい気魄によって、彼は二度目のアカデミー賞を獲得したのだった。

男ざかりのピーター・セラーズ扮するチャンスの肩にすがり、自分の死後の後事を托す老富豪を演じるメルヴィン・ダグラス。そのシーンで、われ知らず、私は眼からあふれる熱いものをこらえきれなくなっていた。

セラーズは一年後の自分の急死を知らず、ダグラスは、おそらく余命いくばくもないと覚悟しての出演だったろう。

私のように五十年近くも映画を見つづけていると、スクリーンの上でしか知らぬ俳優たちの歩んだ道程と死を数え切れぬほど見てきている。私の、六十年に近い歳月は彼らと共に過ぎてしまったといってもよい。

私が泪《なみだ》ぐんだのは、厳《おごそ》かな時のながれと重味にひれ伏し、このときばかりは謙虚《けんきょ》のおもいにひたりきっていたからなのだろう。

有為転変

先ごろ、某誌の取材で京都へ出向いた日、昼間から酒ばかり飲んでいた所為《せい》か、急に腹が空《す》いてきたので、

「ひとつ、暖《あった》かい洋食でも食べよう」

と、編集者たちをホテルから連れ出した。

祇園の花街の近くに、古くからやっている洋食屋があり、むかしは祇園の茶屋や、木屋町の旅館にまで出前をしてくれたもので、私などには、この店の、いかにも日本的な洋食が、どれほど便利だったか知れない。

旅館に引きこもって仕事をしていると、和食に飽きてしまう。

そうしたときに、この店のビーフ・カツレツや、チキン・ライスやハッシ・ライスなどを、よく出前してもらった。

この店は場所柄、夜更けまで営業している。

ちかごろ、夜の祇園界隈は若い男女が充満していて、その喧噪《けんそう》は非常なものだ。

（はて、このあたりにあったはずだが……？）

何度も行って見知っている場所に、件《くだん》の店がなかった。まさか廃業するはずはないとおもいながら、彼方此方《あちこち》を探し歩き、ようやく見つけた。

やはり、元の場所に在《あ》ったのである。

しかし、そこは四階建てのビルになってしまい、細い通路の奥に、私は辛《かろ》うじて、この店の小さな看板を見つけ出したのだった。

ビルには、この店の名がつけられている。

ということは、ビルを建てて貸店舗にし、自分の店を縮小し、奥へ引き込んだにちがいない。

「やっと、見つかりましたね」

「そうだ。やっと見つかった……」

扉を開けると、見おぼえのある中年の婦人が迎えてくれた。

カウンター前の椅子と、テーブル三つほどの小さな店になってしまい、カウンターの向こうではコックが一人で大奮闘している。メニューも縮小されてしまったが、出された料理は以前のままで、旨《うま》い。

わずか、一年半か二年の間に、このように変貌した、この店の中でハッシ・ライスを食べながら、

「古きものは、決して変わらぬ……」

と、かつてはいわれていた京都の急変を、いまさらながら想わずにはいられなかった。一年前に、行きつけの鮨屋の前に立つと、手に取るように見えていた東山が、いまはもう見えない。高層ビルがいくつも建ったからだ。

東京オリンピック以来、たちまちに変貌した東京都にくらべると、京都は何年かを保《も》ちこたえたが、ここ数年の急激な変動には、行くたびに瞠目《どうもく》させられる。

東京のような狂気じみた変転は考えられなかったにせよ、

（いまに、京都も変わってしまう。いまのうちだ）

と、暇あるたびに京都へ通いつめた約二十年前からの数年間が、時代小説を書いている私の貴重な財産になってしまったようだ。

古き良きものに代わって、新しい悪《あ》しきものが擡頭《たいとう》する。

一方、古き悪しきものが消え、新しい良きものがこれに代わる。

古来、時代は、このようにして移り変わってきたが、現代のメカニズムによる急速な〔持続の美徳〕の崩壊は、かつてなかったものだ。

百何十万円もの自動車を所有する男の財布の中身はきわめて薄く、二百万円ものミンクのコートに身を包む女の財布は、ラーメンとギョウザを食べたら空《から》になってしまうというアンバランスが常識となりつつある。

祇園周辺の、けばけばしいネオンの中に若者たちの酔った高声が凄まじく、せまい道へ絶え間なく自動車が押し込んで来る。

かの洋食屋のみならず、古き良きものは、商売が成り立たなくなってしまい、これに代わって、安くてけたたましいものが我が物顔に市街を占領する。

同時に、むかしのだれもが享受し得た、町すじにただよう情感も消えつつある。これは日本のみのことではないのだから、どうしようもない。

人間たちは、メカニズムがおもむくまま、ついて行くよりほかに道はないのだろうか。

こうして、手づくりの古き良きものは日増しに高騰《こうとう》する。メカニズムから食《は》み出してしまったからだ。

衣食住のすべてが、そうなってきた。

以前のままの材料で食べさせたい、むかしのような接待で客を泊めたいとおもえば、料理屋にしろ旅館にしろ、さして儲《もう》けようとしなくとも、客に負担《ふたん》をかけすぎることになり、

「これでは、良心的な商売ができない」

というので、廃業をする店が多くなった。

これからは安物の時代だ。本物のミンクのコートまでも安物にさせられてしまうのである。

さて、翌日。

私は、大阪へ出かけた。

そして、それこそ一年たらずのうちに、なじみの料理屋やコーヒー店のいくつかが廃業してしまったことを知った。

老舗《しにせ》の菓子屋は、むかしのままの製品をつくりつづけることができなくなり、店を始末して駅の地下街へ出店を設け、安い菓子を売るようになっていた。

観劇の一夜

坂東玉三郎主演の〔天守物語〕を観るため、夕暮れの銀座へ出て、Mデパート楼上の食堂で、トンカツでビールをのみ、近くのS堂へ寄り、キイウイのシャーベットにコーヒーで時間をつぶしてから、開演三十分前に劇場へ入る。上演時間は二時間。幕間《まくあい》なしの興行だ。

右隣りの席に五十がらみの婦人がいて、これは別の席にいるらしい同年配の婦人と語り合っている。

「列車の禁煙席を、もっともっと増やさなくてはいけませんわ」

「そのとおりです。ほんとうにもう、専売局なんて潰《つぶ》してしまえばいい。あんな、害毒だらけの煙を吸いこんで、どこがいいんでござんしょう」

「ともかくも、禁煙は法律化されねばなりません。タバコを吸わない者を、これ以上、苦しめてはなりません」

この二人は、どうやら、禁煙促進だか禁煙同盟だか知らないが、そうしたグループに入って禁煙運動に熱中しているらしい。

二人の会話を聞いているうち、タバコが吸いたくなって廊下へ出ると、淀川長治氏がいて、しばらく映画のはなしなどをするうち、開演の時間がせまったので席へもどる。左隣りに劇作家の宇野信夫氏が坐っていたので、去年、大病をした松本幸四郎の、その後の様子などを尋ねる。

禁煙運動の婦人は、ひとりになっていた。

客席が暗くなり、幕が開いた。

冨田勲のシンセサイザーを使った音楽が効果的だ。この舞台にいささかの違和感もない。

泉鏡花《いずみきょうか》の〔天守物語〕は、播州・姫路の白鷺城の天守閣第五重に棲む魔女・富姫を主人公にした鏡花独自のファンタジーである。

先ず、富姫に仕える奥女中（南美江）と五人の侍女があらわれ、しゃべりはじめる。

富姫同様、いずれも妖怪なのだが、

（おれの耳が悪いのかな?）

懸命に耳を欹《そばだ》てたけれど、侍女たちのセリフは、ほとんど何をいっているのかわからない。声はするのだが言葉となって聞きとれぬ。ちかごろは、テレビに出ている若い男女優（ことに女優）のセリフを聞きとるのに骨を折ってしまう。時代は大きく変わったが、日本語のイントネーションも激変してしまった。

一つ一つの言葉の語尾が消えてしまうままに、つづけて早口でしゃべるからどうにもならない。それにナマリがひどい。この芝居の事ではないが、たとえば「峠の上に関《せき》（関所）がある」というセリフの「関」を「咳《せき》」とナマってしまうと全くわからなくなる。

さらにまた「峠《とうげ》」が「棘《とげ》」に聞こえるにいたっては、どうにもならない。

やがて、小池朝雄扮する〔朱の盤坊〕というユーモラスな化物があらわれる。この人のセリフは癖があっても、すべてわかる。そして満八十歳の老優・中村芝鶴の〔舌長姥〕のセリフも声音《せいおん》の高低にかかわらず、すべて、はっきりとこちらの耳へ伝わる。やはり、私の耳は悪くなかったのだ。

そして、はるばる岩代の国の亀ヶ城から空を飛んで遊びにやって来た亀姫が登場する。これも魔女だ。

玉三郎の富姫と、亡父ゆずりの美貌をもつ若い女形・中村梅枝の亀姫がスポットに浮きあがって寄り添った瞬間は、まさに歌舞伎の女形のみがもつ圧倒的な美観に客席がどよめく。

ところが、しゃべり出すといけない。二人ともセリフの半分は意味不明でわからない。

右隣りの禁煙運動の婦人が、弁当の紙包みをゴソゴソと開きかける。前列の男の客が振り向いて睨む。婦人は弁当を食べるのをおもいとどまったらしい。それだけでも、ちかごろ、しおらしいといえよう。

若い男女の客が四十分も遅れて入って来て、頭も下げずに割り込んで来る。

ドラマはすすみ、片岡孝夫扮する姫川図書之助という二枚目があらわれる。ところが演出家は孝夫の尻を客席に向けさせたまま、長いことしゃべらせるから、孝夫の声が舞台奥へ吸い込まれてしまい、何をいっているのか、さっぱりわからぬ。

（ふしぎなことをするものだ）

と、おもううち、ようやく孝夫が客席を向いた。今度はわかる。さわやかに、セリフがすべてわかる。玉三郎は、まだ半分ほどわからない。しかし、花柳章太郎や中村歌右衛門が、この富姫を演じたとき、鏡花の書いた、俳優にとっては言いづらいセリフが、実によくわかった。しかし、美貌の点だけは、玉三郎が上だ。あまりに美しいので、むしろ妖怪の感じが濃厚にただよう。

妖怪と孝夫の立ち廻りとなって音楽が高くなる。禁煙婦人は、その音に乗って、すばやく弁当をひらき、食べはじめた。海苔《のり》のにおいがただよう。前列の男が振り向いて婦人をにらむ。婦人は居直って食べつづける。

うしろの席で二人の男が語り合いはじめる。だれかが「シッ」と注意をする。男たちは平気でしゃべりつづける。

夢幻の舞台が終りに近づき、客演の新国劇の島田正吾があらわれる。宇野氏が私の腕を突いて微笑する。宇野氏も私も、島田の舞台を何度手がけたか知れない。久しぶりで島田の舞台を観て、なつかしかったけれど、これまたセリフの半分がわからぬ。しかし、しゃべりはじめたとおもったら、幕が下りて来た。

カーテン・コール。玉三郎と孝夫に花束が飛ぶ。島田が照れくさそうに一礼する。禁煙婦人は通路へ立ちはだかり、コートを蝙蝠《こうもり》の羽のようにひろげて肥った躰に纏《まと》った。

家庭

近年のアメリカ映画は、さまざまなかたちで〔家庭〕と〔家族〕の問題をとりあげはじめたようだ。

去年、日本でも大当たりをとった〔クレイマー、クレイマー〕でも、今度封切られた〔普通の人々〕でも、妻が夫と子を捨てて家庭を去る。

前者の場合は、会社の激務をこなしながら、酒にも女にも乱れず、ひたすら妻と子を幸福にしたいと願っている夫と暮らし、子を育てる生活にみちたりなくなった妻が、

「私は女として、いいえ、人間として、もっと別の生き甲斐《がい》があるはず」

と、夫と子を捨ててしまう。

しかも後になって、

「子供だけは、こっちへもらいたい」

というのだから勝手なもので、そのときの裁判で、

「貴女は、夫に不満があったのですか？」

問われるや、

「ありません」

と、こたえる。

「性生活に不満は？」

「ありません」

では、いったい何故に離婚しなくてはならないのか……。

つまり「何か、やってみたい。老い朽《く》ちぬうちに、生き甲斐のある仕事をやってみたい」という、その一念なのだ。

後者はタイトルがしめすように、アメリカの、どこにでもいる〔普通の人々〕の家庭の崩壊《ほうかい》である。

これは、兄と共にボートで海へ出て、暴風雨に遭い、兄が溺死《できし》してしまったことを、

（何故、助けられなかったのか。何故、自分だけが生き残ったのか……）

と、おもい悩み、自殺をはかって精神病院へ入れられた少年と、溺死した長男を愛惜《あいせき》する母親とのギャップが父親をも巻き込み、ついに母親は夫と子を残して家を去って行く。

こうした映画を観て、

「あきれ果てた女どもだ。勝手にするがいい」

と、おもうのは、日本でも六十に近くなった私どもの年代の男たちだけだろう。

この二つの映画は、現代の男女と、その家庭が直面する深刻な主題を、真摯《しんし》に打ち出しているのだ。

女たちにしても、現代のニュー・モラルとメカニズムに適応しきれなくなった自分の神経と自我と虚栄をもてあまし、苦悩しているのだろう。

男は、アメリカと日本を問わず、いまや〔家庭〕内の主導権を失い、そうした姿を日常に見つめている我が子の信頼を失ってゆく。

子供たちは、戦後の、肉体の急激な発育によって精神とのバランスがとれなくなり、これまた、おのれの獣じみた肉体をもてあますことになる。もてあましても、これを制《せい》御《ぎょ》する術《すべ》を知らぬから、ついに発散することになり、その発散の形態は近ごろの新聞を見れば、たちどころにわかる。

「もう、どうしていいか、わからない……」

十年ほど前のある夜ふけに、少年のころからの友だちが私へ電話をかけてきた。

とりたてて事件が起こったわけではないのだが、会社から疲れ切って帰宅すると、せまい家の中は、妻と高校生の男女ふたりの子供が主導権をにぎり、

「落ちついて、躰をやすめる場所もないんだ」

と、いう。

こうしたとき、私は言葉を失ってしまう。自分の子供がない私が、無責任なことをいうわけにはまいらぬ。いう資格がない。

「さびしい……とても、さびしいんだ、おれ」

そのとき、友人は切羽《せっぱ》つまった声を出した。声がふるえていた。そうした友人の声を私は、はじめて耳にしたのだった。五十をこえた男の声ではなかった。

そのとき友人は、自宅の近くの、おでんの屋台で酒をのんでから、公衆電話をかけてきたのだ。

「あと十日もすれば暇ができるから、久しぶりで飲もうよ」

と、私がいうのへ、重く沈んだ呻《うめ》き声のようなものが返ってきた。これも、かつてないことだった。

「な、飲もう。何処にしようか。おれにまかせてくれるか?」

「む……」

「おい、どうしたんだよ」

「じゃあ、また……」

プツンと電話が切れた。

このときに私は、何かを感得しなければいけなかったのだ。

しかし、気にかかってならない。

翌日の夜、もう会社から帰って来ているだろうとおもい、自宅へ電話をすると、細君が「まだ、会社から帰りません」と、いった。

細君の声は明るく、何の屈託《くったく》もなかった。

翌日、友人の会社へ電話をかけると、出社していないということだった。

友人は、こうして、行方知れずになってしまった。いまだに消息がつかめない。

その後の細君と、子供たちについては、事情があって書けないけれども、友人が行方不明となった後、この人たちが得たものは〔不幸〕だけだった。

私の友人で行方不明となったのは、これで二人を数える。

ところで先日、新幹線に乗っていると、前の席にいる二人の男が、何やら語り合っている。

一人が、ためいきを吐くように、

「おれ、家を出ようとおもう」

と、いうのが私の耳へ入った。

日本では、中年男の家出が増えつつあるのか知らん。

夏場所

恩師・長谷川伸が生前、私に、

「ずっと若いころ、本気で相撲取りになろうかと、考えたことがあったよ」

そういわれたことがある。

おそらく、嘘ではあるまい。それほどに好きな相撲への愛着ゆえに、師は〔一本刀土俵入〕を書かれ、駒形茂兵衛という相撲あがりの博徒《ばくと》が主人公として、自然に生まれたのだろう。

私も少年のころから相撲が好きで、戦前、双葉山が安芸ノ海に破れた、相撲史に残る大一番も見ている。そうしたわけで、三根山を主人公にした小説を書いたし、老雄・名寄岩の闘病をテーマにした脚本を新国劇へ書きおろし、名寄岩は島田正吾が演じた。

ところで……戦後の、私が好きだった力士は、若乃花（現・二子山）と鶴ケ嶺でこの二人が引退してからは、兄の若乃花を偲《しの》ばせる貴ノ花。いまは北の湖・琴風に鷲羽山である。

私は、先代・若乃花の大関時代の稽古《けいこ》を見せてもらったことがある。彼は、すべての稽古が終った後も一人残り、土俵の上を後向《うしろむ》きのまま伝わって走ったりするようなトレーニングを、飽くこともなく繰り返しているのだった。

「足の踵《かかと》に目がある」

といわれた彼の、土俵際のしぶとさは、年少のころから鍛えぬかれた足腰のみにあったのではない。

その鍛えられた肉体の感覚を一瞬たりとも鈍麻《どんま》させぬために、独自の工夫と稽古を、大関になってても、たゆむことなく積み重ねていたのだろう。

それを見て、私は、

（ただ、何となく原稿を書いていてはだめだ。自分の、独自の発想を積み重ねなくては……）

あらためて、そうおもった。

そのころの若乃花に、仕度部屋で、

「ちょっと、腕にさわらせてくれますか？」

たのむと、じろりと私を見た若乃花が、

「うむ……」

うなずいて、腕を突き出した。

翌日、恩師宅へおもむいたとき、

「先生。昨日、若乃花の腕を、つかませてもらいました」

そういうと、師は眼を輝かせて、

「で、つかめたかい？」

「いいえ、まるで、鉄のかたまりのようで、つかめた感じはしませんでした」

「そうだろう、そうだろう」

相撲のはなしになると、師は夢中になったものだ。

若乃花と栃錦の一番は、場所ごとに私たちの血を沸《わ》かせたが、若乃花の相撲ぶりは、どちらかというと勝敗にこだわらず、客を存分に納得《なっとく》させ、自分もまた納得できる相撲を取っている感じがした。ことに大関のころは、そうだったようにおもわれる。

栃錦のほうは、あえていうならば、

「勝つためには、どんなことでもやってのける」

という気魄に、みちあふれていた。

どちらがよい、どちらが悪いというのではない。

つまるところは、相撲を見る人びとが、それぞれのイメージを勝手に抱くわけである。

豪快な相撲ぶりを見せる若乃花の両手の指の、あまりにも繊細《せんさい》な表情。そして、一度だけ、新聞で対談をした栃錦の足の裏の凄まじいばかりの様相にも瞠目した。猛稽古に破れ、血を噴《ふ》き、それが固まり、また破れ……その繰り返しが、彼の足の裏を象の足の裏のようにしてしまっていた。

これらの二人のイメージが、それから約二十年を経た今日、相撲協会の理事と理事長の座に就いた二人の風貌にむすびつくわけだ。

若乃花、栃錦のみではない。数え切れぬほどの力士の人生と歴史を、私たちは見つづけてきたことになる。

栃錦や鶴ケ嶺は、

(引退したら、こんな親方になるのだろうな……)

と、予想していたとおりになった。

その結果の善《よ》し悪《あ》しは別として、私は、

(栃錦は、いまに、きっと理事長になる……)

と、おもっていた。

そして、彼は、予想どおりの性格の理事長となった。

二子山親方となった若乃花は、愛娘《まなむすめ》と横綱を張った愛弟子(現・若乃花)を結婚させ、自身は理事長の次席へ進み、二子山部屋の繁盛は、だれの目にも判然となった。

ところが、最近の週刊誌などを見ると、新婚の現・若乃花は新妻と師匠・二子山との間が不穏《ふおん》となり、若乃花が判を捺《お》したはずの婚姻届が役所へ提出されていず、これを知って、花婿《はなむこ》の横綱は愕然《がくぜん》となったそうだ。

はなし半分に聞いても、これは容易ならぬことにおもわれる。

それに、近ごろの相撲界は、大物力士の引退と八百長《やおちょう》問題で乱れが目立ち、（これから、どうなることか……？）

と、こういっては何だが、興味津々《きょうみしんしん》たるものがある。

相撲や野球の世界も、つまるところは他の人間社会と同じで、力士たちの闘いぶりや、引退後の面貌《めんぼう》がテレビに映し出されるとき、そこに、いくつもの〔人生〕を看《み》て取ることができるのは、やはり、小説を書いて生きている私だからなのだろう。

さまざまな波瀾《はらん》をふくんだ夏場所が、薫風《くんぷう》の到来と共に、間もなく初日を開けようとしている。

世の中は、いまや大きく変わろうとしており、したがって人の心も変わりつつある。

いま、私は、躰の故障《こしょう》も癒《い》え、本来のちからを発揮しはじめた琴風の、勝敗にかかわらず、闘い終った後で深ぶかと頭をたれる謙虚な姿を見るのが、たのしみでならぬ。

琴風には、近年に稀《まれ》な、端正《たんせい》の風格がある。

彼が、彼の人生を歩みつづける姿を、私は老いて行きながら、凝《じっ》と見まもりつづけるだろう。

浄瑠璃素人講釈

当時は劇作家になるつもりだった私が、少年のころから、いささか関わり合いがあった長谷川伸邸を、戦後はじめて訪れてから、もう三十余年が過ぎてしまった。

そのときの長谷川師の言葉は、いまも、よくおぼえている。

「作家になるという、この仕事はねえ、苦労の激しさが肉体を損《そこ》なうし、おまけに神経が細く鋭くなりすぎてしまうおそれが大きいのだが……男のやる仕事としては、かなり、やり甲斐のある仕事だよ」

と、いうものだった。

師の教えを受けたのは、そのときから約十五年にわたってだった。

そうして、私は、どうにか大劇場の作者として一人立ちができるようになり、のちに直木賞を得たのを機に、小説の世界へ転じた。

恩師が亡くなってから、二十年に近い歳月が過ぎてしまった。

現在の私の仕事を見たら、長谷川師は何といわれるだろう。そのことをおもうとき、六十に近くなった私は、たまらない寂寥《せきりよう》感に抱きすくめられてしまう。

いまの私にとっては、読者と編集者のみがたよりであって、その反応に対しては敏感にならざるを得ない。

それとは別に、自分は自分なりの方法で、自分の〔芸〕をきびしく見つめているつもりではいるが、

（いま、おれは、いい気になっているのではないか……？）

ふっと疑念が萌《きざ》すときもあって、そうしたとき、書庫へ入り、一巻の本を引き出すのが、癖のようなものになってしまった。

その一巻とは、杉山其日庵著〔浄瑠璃《じようるり》素人講釈《しろうとこうしやく》〕である。

其日庵・杉山茂丸《すぎやましげまる》（一八六四―一九三五）は、頭山満などと共に明治・大正の政界の黒幕として知られた無欲の人物で、義太夫節《ぎだゆうぶし》に造詣《ぞうけい》が深く、観賞のみか、みずからも稽古にはげみ、竹本摂津大掾《せつつだいじよう》（二世・竹本越路太夫）や三世・竹本大隅太夫《おおすみだゆう》その他の庇護《ひご》者でもあった。

この一巻は、杉山茂丸が、八十余の浄瑠璃の解釈をおこなうと共に、自分が親しくしていた名人たちの聞き書きをも発表したものだ。

その聞き書きが、すばらしい。

この一巻を、はじめて読んだのは、戦前の、まだ少年のころであったが、そのときの

興味と、現在の私が受ける感動とは同じようでいて、まったくちがう。

中すまでもなく、私は義太夫節をよく知らぬし、この本の中にあらわれる名人たちの芸を味わったこともない。それでいて、年に何度か、この一巻を繙《ひもと》くたびに、太い棍棒《こんぼう》で脳天《のうてん》をなぐりつけられたような気分になる。

むかしの芸人たちの修行の凄烈《せいれつ》さを何と表現したらよいだろう。その自信、その謙虚さ。長谷川師が
「自信と慢心《まんしん》の差は紙一重《ひとえ》だよ」

といった声が、まざまざとおもい起こされる。その一つ一つを記していては、原稿紙が何枚あっても足りないことになるが、たとえば三代目の大隅太夫。この人は大阪の鍛《か》冶《じ》屋の息子に生まれ、名人団平に鍛えぬかれ、杉山茂丸が、

「底の知れぬ、恐ろしい芸」

と評したほどの芸人になってからも、文楽座の出演を終え、師匠であり、相三味線《あいじゃみせん》でもある団平を家へ送りとどけてから自宅へ帰り、酒一本をのんで、ぐっすりと眠り、午前一時に起きて本読みをはじめる。自分が何度も語った院本《いんぽん》(浄瑠璃の脚本)の一つ一つを読み返し、解釈を深め、新しい発見をしようとするのだ。夜明けになって、また一眠りし、朝の八時ごろ起きて、団平のところへ稽古に出かける。すると、大隅太夫の妻女が追って出て、袖をとらえ「今日という今日は、子供も私も喰べる米がおまへん」と

いうや、大隅太夫が「むう……」と唸《うな》って「難儀《なんぎ》やなあ……」と、羽織をぬいで妻女にわたし、

「これで、どうなとしといてや」

呆気《あっけ》にとられている妻女を残し、稽古に出かける日々だったという。

これは、修行時代の若いころのはなしではない。天下の大隅太夫となってからのことだ。

現代には、とても通用するはなしではなく、こうした芸一筋に凝《こ》りかたまった芸人も役者も、いまは消滅した。

それにしても、何と尊いはなしだろう。私なども、大隅太夫の何分の一でもよいから、

「芸の狂人になりたい……」

と、おもう。

家人などは「月に一、二度は、変になります」と、私のことをいうが、それはまあ、私なりに書いている小説のことで頭が一杯になり、何をしても上《うわ》の空《そら》になってしまう日が、ないこともない。

こんなとき、外出をすると何処を歩いて何をして来たか、まったくおぼえていないこともあるし、交通事故を起こしかねない。だが、こんなことは作家なら、だれでもしていることだろう。

いま、私は、
（もっと、もっと狂いたい……）
と、おもいつめている。
それでいて、
（いのちがけになれない……）
のは、実に、われながら、なさけないことだ。

嗜好

この春。風邪をひいて高熱を発し、めずらしく二十日ほど寝込んでしまった。血圧も上がり、体重も三、四キロ減じた。

こんなことは約十年ぶりのことだが、寝込むといっても仕事を休んだのは三日ほどで、その後、机に向かう仕事の時間だけはベッドから離れた。

直接の原因はタバコの吸いすぎだったのだろうが、実は、発病の一カ月ほど前から食欲がなくなってきていたのである。

長い間、躰に積もっていた疲労が、これをきっかけに、一度に出てきたものとみえる。

それにしても、体重が三、四キロも減じるということは、まったく心細いものだが、私の場合は、いささか体重が増えすぎていたので、ちょうどよかったのだろう。

週に一度、通院している鍼医《はりい》のY氏が、

「これで、ちょうどよくなりましたが、あと一キロほど増えてもよいとおもいます」

と、いった。

病気が癒《なお》ると同時に、たちまち、食欲が出てきて、一キロを取りもどすにはわけもなかった。

それにしても、どういうことなのか……。

病後の、食物への嗜好《しこう》が、自分でもおどろくほどに変わってしまった。

若いころ、海軍へ入って以来、私の、ひどい偏食《へんしょく》は否応《いやおう》もなく叩き直されてしまっている。

それはそうだろう。

横須賀海兵団へ入団した、その第一日の夕飯に、まるごとの鰯《いわし》とサツマイモを蒸気釜《じょうきがま》で〔ごった煮〕にしたものが出た。恐る恐る箸《はし》をつけてみたが、生臭《なまぐさ》いことおびただしく、とても食べられたものではない。

それは私のみではなかったが、私たちの新兵教育を担当するK兵曹が、ニヤニヤしながら、

「お前たち、食えないのか。いまに、そんなぜいたくをいっていられなくなるぞ」

といった。

果たして、十日もすると、

(食べられるものなら、なんでもうまい)

と、いうことになってきた。

猛烈な訓練を受けた空き腹は、どんなものを出されても、雀躍《こおど》りして受けつけるようになってしまった。

戦争が終れば、戦後の食糧難というわけで、私の偏食は完全に消滅した。

しかし、好物は何といっても肉類で、四、五年前に、はじめて痛風の発作が起こってからも、やめられなかった。けれども、二度三度と痛風にかかるうち、さすがに私も、「食べたくても、つつしむ……」

ようになったが、好物であることに変わりはなく、ビーフ・ステーキを目の前で食べている友人をうらやましそうにながめながら、魚の料理にすることもあったのである。

それがどうだろう。今度の病気が癒ってから、到来物《とうらい》の［ウルメ鰯の干物《ひもの》］が食膳に出て、これを食べたところ、実に旨い。

これまでの私は、魚の干物などに全く関心がなかったのだ。食べてまずいとはおもわないが、われからすすんで口にしようとおもったことはない。

それに野菜の煮たものなどが、たまらなく旨くなってきた。

痛風が出ぬようにと、私なりの工夫で、四年間も鍼の治療で背部の贅肉《ぜいにく》を除《と》ったり、カルシウム錠の服用を習慣にしたりしてきた所為もあったのか……今度の発熱中に、体質が変わってきつつあることが、わかったような気がしていたのだ。このところ痛風も消えている。

毎日のように、ウルメの干物で飯を食べている自分が、別人のようにおもえてくるのだ。

家人は、

「手数が、かからなくなりました」

と、大よろこびだ。

毎朝の米飯に、なくてはならなかった味噌汁も、ほしくはないし、朝は薄いトースト一枚にコーヒーだけという簡単なものになったのだから、家人がよろこぶのも当然だった。

ともかくも夕飯が旨くて仕方がないので、体重を増やさぬためにも、朝と夜食の量を減らすことにした。

食欲が消えた病中の習慣を、朝昼兼帯の第一食と夜半の夜食に取り入れたのである。

「そういうわけで、病気の前より、ずっと体調がよくなったよ」

と、旧友にいうと、彼は、

「ウルメの目刺《めざ》しなんぞ、毎日よろこんで食べるようになったのは、なるほど、君の体質が変わったのだろうよ。病気を境にして、大きく老人の領域へ踏み込んだのさ」

と、いった。

そんなものかも知れない。

むかし、故小津安二郎監督の秀作で〔淑女《しゆくじよ》は何を忘れたか〕という松竹映画があった。その映画で、斎藤達雄が演じた初老の、金持ちの大学教授が、自宅では夫人（栗島すみ子演）が「そんな下品なものはいけません」と、食膳に出してくれぬ大好物のウルメの干物を、教え子の大学生の下宿の一間で、さも旨そうに食べさせてもらう絶妙のシーンを、いま、ペンを走らせつつ、おもい出した。

教授にウルメの目刺しを焼いたり、飯をよそってやったりする大学生を演じたのは、いまは亡き佐野周二である。そして、この映画を観たときの私は少年だった。

紙

仕事の資料を見ているうちに、江戸時代の紙屋の店舗の絵に目がとまった。

さまざまな種類の紙を整然と区分してある戸棚、引き出し。帳場で算盤《そろばん》を弾いている番頭。届いた紙の荷を運んでいる小僧。客に売る紙を数えている手代《てだい》。

このような店舗の情景は、私が子供のころの、つい五十年ほど前の東京の何処の町にも見られたものだった。

子供のころの私は絵を描くことが大好きで、小遣いがあれば紙屋へ飛んで行き、藁半《わらばん》紙《し》を買う。これは稲の藁の繊維《せんい》に楮《こうぞ》や三椏《みつまた》の繊維をまぜてつくった粗末な半紙で、当時、二銭で何枚買えたろうか、よくおぼえていないが、一枚を四つに切り、筆と墨とクレヨンをつかって紙芝居の絵を描くのだ。

どんなものを描くかというと、一週間に一度は観るチャンバラ映画を、自分で紙芝居にするのである。何しろ、大切な小遣いで買う紙だから、その一枚一枚が宝物だった。

あるとき、紙屋の小僧さんと道で出合ったので、キャラメルを五つ六つあげたら、つぎに紙を買いに行ったとき、その小僧さんが五枚もよけいに数えてくれ、私を見てニッコリと笑った。そのとき、私は八つか九つ。小僧さんは十四、五歳だったろう。そのときの小僧さんの笑顔を、いまも、はっきりとおぼえている。

お年玉をもらったときに、上等の、真白《まつしろ》な画用紙を二十枚も買うときの胸のときめき、豪勢《ごうせい》な気分は子供ごころにも、

（何ともいえない……）

もので、祖母などは、そうしたときの私の顔を見て、

「おや、めずらしいことがあるものだ。正太郎が笑っているよ」

などという。

すると母や叔父までが、

「どれどれ、ほんとうかい？」

と、私の顔を見に来たほどだから、子供のころの私は、めったに笑顔を見せなかったらしい。

東京の下町の暮らしでは、その町内で生活のすべてが事足りていたのだから、何の買物にせよ、包み紙といえば新聞紙の利用にきまっていたし、食料品は、こちらから笊《ざる》なり何なりを用意して買いに行く。したがって、絵が描けるような包み紙は、ほとんどなかった。

現代の家庭における紙類の氾濫《はんらん》にくらべたら、当時のことが、それこそ、江戸時代の生活そのものに想えてくるほどだ。

こうしたわけで、子供のころから紙に執着をもち、藁半紙の一枚一枚を、愛《いと》おしむようにあつかっていた所為か、六十に近くなったいまの私は、紙類だけには一種特別の感覚をおぼえる。

出版社からゲラ刷りを届けて来た封筒を、つぎの原稿をわたすときに使ったりするし、相手によっては、また、その封筒を使ってゲラ刷りを届けてよこす。それをまた私が使う。

人に著書をあげるときにも、宛名を消して用いるし、ともかくも封筒・包み紙の類《たぐい》が私の机のまわりに山積してしまうのだ。

書き損じの原稿を破って屑籠《くずかご》へ捨てることもない。そうしたものは裏返しにして、小さく切ってメモにする。行きつけの書店へ注文する本を廃物利用のメモへ書いてわたしたら、店員さんが新しいメモ用紙をたくさんくれた。

丈夫で、上質な包み紙なら、自分で大きな封筒をつくり、資料を入れたりする。

このように書きのべていると、万事に倹約《けんやく》のこころが行きとどいているかというと、そうではない。これは紙類に関してだけのことなのだ。

たとえば水である。私などは、どうも、水をおろそかにしてしまう。私が育ったころは、東京にも水道がゆきわたり、人口も、いまよりはずっと少なく、ビルディングもほとんどなく、自動車も自家用車がめずらしかったほどで、豊富な水をおもうさま使うことができた。

それゆえ、いまも、水の使い方に、

「恐れを知らぬ……」

ところがある。

しかし、このごろは年齢相応に、いくらかは気をつけられるようになってきた。

祖母や母の時代は、井戸水を汲《く》んで暮らした。その年代の人たちは、水のありがたさをよくわきまえている。

人びとが生まれ育った……ことに生まれてから七、八歳までの生活は、生涯、その人につきまとう。

大人になって、何かの拍子に、がらりと生活が変わっても、ふたたび元へもどってしまう。それこそ恐ろしいまでに、幼児体験は人の一生を左右してしまうらしい。

ところで……。

私の亡師・長谷川伸も、紙をおろそかにしない人だった。

書き損じの原稿は、裏返しにして、別の原稿を書く。

戦後、間もないころ、原稿の裏に書いた手紙を、私は恩師からいただいたことがある。

睡眠

数年前までは少しも苦労の事ではなかったのだが、六十に近くなった現在、睡眠については腐心《ふしん》せざるを得ない。

私の仕事の時間は午後十一時から明け方にかけてだ。

若いころ、昼間は勤めに出ていたので、執筆の時間は、どうしても夜更けから明け方ということになってしまう。夕飯後に、酒も入っているから一、二時間をぐっすりと眠り、夜更けに起きて仕事にかかるという、長年にわたる習慣が身についてしまった。

早朝に起きて仕事をし、午後からは、好きなことをしようとおもうのだが、どうにもならぬ。

何しろ、仕事を終えて頭へ血がのぼったところでベッドへ入るのだから、当然、すぐには寝つけない。

寝つけないままに、さまざまな妄想《もうそう》や夢想が浮かんでは消え、消えては浮かぶ。

ベッドへ入ってから、睡眠薬がわりに一時間ほど本を読むが、役に立ってくれることもあるし、読む本によっては、却《かえ》って逆効果となる。

私が、もっとも充実した日々を送っていたころの、戦前の各種の回想記などを読むと、忘れていた人びとの面影がつぎからつぎへと脳裡《のうり》へ浮かんできて、それこそ、

「止《と》め処《ど》がなくなってしまう……」

のである。

そうしているうちに朝の光がさし込み、朝の物音が起こりはじめる。こうなると、睡眠をあきらめるよりほかはない。

数年前までは、一夜二夜を眠らなくとも平気だった。

ところがいまは、一夜が眠れぬと翌日、翌々日のスケジュールを熟《こな》すことができなくなってしまった。あきらかに体力がおとろえてきたのだ。

もっとも、私のような仕事をしている者にとっては、睡眠をさまたげる夢想・妄想・回想の類を悪いものときめつけるわけにはまいらぬ。

それは、私の仕事にとって、申し分のない肥料であるからだ。

二十年、三十年のむかしも過去であり、昨日も過去である。

作家の仕事は、

「過去の累積《るいせき》によって、成りたっている……」

からだ。

忘れ果てていた人びとが、眠れぬ夜の闇の中へ忽然《こつぜん》として浮かびあがり、それからそれへと回想の糸が結び合わされ、その人が髷《まげ》を頭にのせ、大小の刀を腰に帯し、私の小説の中へ登場して来ることは、めずらしくもない。

しかし、そのときは、小説の主題を生かすための、まったく別の人物になってしまっている。

夢も、毎夜のように見る。

眠れなかったときは、ようやく引き込まれた浅い眠りの中で、何度も見る。

よく眠れたときは、目ざめる間ぎわに見るらしい。

今年の夏のように熱帯夜がつづくときは、氷枕をつかったりして、睡眠のための工夫をする。それも辛《つら》いが、たのしくもある。私は今夏から寝茣蓙《ねござ》を使ってみて、まことによかったが、茣蓙はよくすべるので、寝返りを打つうちに、寝茣蓙ごと、何度もベッドから転《ころ》げ落ちた。

睡眠薬は、ほとんど使わぬ。

旅へ出たときの第一夜は、どうしても眠れないので使用することもある。

それでいて外国旅行のときは、第一夜から、ぐっすりと眠れるのはどうしたわけなのだろう。

日本をはなれたとたんに、いっさいの仕事から解放されてしまう所為かも知れない。

亡師・長谷川伸は、

「その夜、眠れなくとも、ぼくは必ず、つぎの夜は眠れる。だから薬は使わない」

そういわれたが、私も長谷川師と同様なのだ。

ただ、眠れなかった翌日に、早い時間の試写会へ行くときなどが辛い。

それでも、好きな映画を観るということであれば、何とか起きる。映画が、よほど好きなのだろう。

睡眠は一種の〔仮死《かし》〕といってよいだろう。

人びとは、毎夜に死んで、翌朝に生き返る。

生きるためには前夜の死が必要というわけだ。何とおもしろいことではないか。

そして、生きものの営みとは、何と矛盾《むじゅん》をふくんでいることだろう。

生きるために食べ、眠り、食べつつ生きて、確実に、これは本当の死を迎える日へ近づいてゆく。

おもしろくて、はかないことではある。

それでいて人間の躰は、たとえ一椀《わん》の味噌汁を味わっただけで、生き甲斐をおぼえるようにできている。

何と、ありがたいことだろう。

ありがたくて、また、はかないことだ。

先に書いたアメリカの老優メルヴィン・ダグラスは、八十歳に達した今年も新作に出演していたが、昨日の新聞で、彼の死が報じられた。

昨夜、私の夢の中に、彼があらわれた。

夢の中の、タキシードに身をかためたメルヴィン・ダグラスは、かつて、ガルボやディトリッヒの相手役をつとめていたときのように若々しかった。

夏去りぬ

春から夏にかけて、狂気の殺人事件が頻発《ひんぱつ》した。

気学をやっている人が「今年は、狂気の年なんです」と、私にいった。

私たち作家仲間は、この夏の終りに、向田邦子という、すばらしい才能をもつ女流作家を台湾の上空で失って、ショックをうけた。

「いいかげんにしてくれ」

こういって、作家のWは徹夜で酒をのまずにはいられなかったそうな。

それにしても……。

今年の夏は、気候的には久しぶりの夏らしい夏だった。

梅雨には、たっぷりと雨が降り、東京の水は安泰だったし、梅雨が明けると、たちまちに夏の盛りの晴天がつづいた。私は、五年がかりの鍼の治療が効《き》いて、体重が減り、食欲がすすみ、炎天の日中を歩きまわっても、若い日がもどってきたように疲れなかったが、ただ躰の一カ所だけが悪く、密《ひそ》かに治療をつづけていた。

夏も終りに近くなって、私は近江の彦根市へ講演におもむいた。

近年は、講演を絶っている。あまり好きではないし、記憶力が減退して、語ることを忘れてしまいかねない。

何しろ、家内の名前を忘れて、

「おい……」

と、いったなり、絶句してしまうことがたびたびだし、我が家の電話番号を忘れてしまうこともある。

いま、私の仕事は、以前の半分に減っているけれども、週刊誌の連載を二つ持っていると、その小説へ登場する人びとを〔管理〕するだけでも、精一杯なのだ。

彦根の講演は青年会議所の主催で〔JCデー〕の記念行事が催され、その中で私が何かしゃべるということだった。

彦根と私との関係は浅からぬものがあるし、何年ぶりかで井伊直愛《いいなおよし》市長に、お目にかかりたかったので引き受けたのである。

井伊市長は、かの幕末の大老・井伊直弼《なおすけ》の曾孫にあたられる。まるで井伊大老が、

(生き返ったか……)

と、おもわれるほど、大老の肖像に風貌がそっくりなのだ。

まさに高潔無比《こうけつむひ》の人格。封建《ほうけん》の世の大名そのものの市長である。

彦根市は、彦根城を中心にした城郭と、その周辺一帯の風致が、ほとんど損なわれていない。

むろんのことに、井伊大老が若き苦渋《くじゅう》の日をすごした埋木舎《うもれぎのや》も、外濠に面して旧態をとどめている。

彦根の青年会議所の人びとの、こうした歴史的な遺産を中心にして、新しい町づくりをしようという熱意が、今度の行事となったのだろう。

講演の後で、市長と共に〔パネル・ディスカッション〕というのがおこなわれたが、その折、市民の一人が、

「ちかごろは、若い人たちが、彦根の歴史に無関心になりつつある」

と、発言をした。

(ついに、彦根もそうなりつつあるのか……)

と、私はおもった。

自分が生まれ育った郷土の歴史を知らぬ若者たちが、大都市を目ざして群れあつまって来る。

大学を出て、フランス料理やワインのことにくわしくなっても、郷土の……いや、日本という国が、どのような国かもわきまえぬ人びとが激増している。

郷土の遺産などに、関心がもてぬのも道理というべきか……。

これからは、かならず地方都市文化の時代がやって来る。

それでなくては、日本の将来は暗くなるばかりだろう。若い人びとは、それを先取りすべきだ。

私の郷土は東京で、なればこそ江戸城（皇居）を誇りにおもう。これが無くなったら、東京が東京でなくなってしまうわけだが、数年前に、ある政治家が、

「皇居を他に移し、高速道路にしたらよい」

などと発言をする世の中になったのだから、たまったものではない。

夜に入って、知り合いの料亭で酒をのんだが、むかしなじみの芸妓の大半は引退するか、または自分の店をもつなどして、いまは、長唄のうまい小福《こふく》がひとりいるきりだ。

小福のことを〔老妓〕といったら怒るだろうか。なれば中年の芸妓にして〔中妓〕ということにしておこう。

小福は、姉おもいの弟さんが名古屋にいるし、気楽に日々をすごしているので、その気楽さが座敷へよんでも、私などをたのしくさせる。

久しぶりで小福の長唄を聴いたが、これまた、記憶力減退で歌詞を忘れてしまうという始末。

「もう、いけまへんなあ」

「おたがいさまだよ」

京都へ行き、ホテルへ泊まったが、台風の影響で、ひどく暑い。

翌日は、三条小橋の松鮨へ行ったが、時化《しけ》で、よい魚介が入らぬという。それにもかかわらず、二代目のあるじが握る鮨はうまかった。大分に、腕があがってきたようだ。去年に亡くなった、私も親しかった先代の墓詣りをしてから、新幹線に乗り、帰京した。

翌日に、台風は去って、爽涼《そうりょう》の朝が来た。

気にかかっていた躰の故障も、さしたることはないらしい。

家族

「もし……もし、お宅さまで貰っていただけないのなら……」

と、電話の婦人の声が、ちょっと跡切《とぎ》れた。

私たち夫婦には、子がない。

また、電話の声が、

「もし、貰っていただけないのなら、何処かへ捨ててしまうより、仕方がございません」

私は、電話を妻の部屋へ切り換えた。

電話を聞き終えた妻が、私の部屋へ入って来て、

「貰うことにしました」

と、いった。

「仕方がないだろう」

「ええ」

「いいよ」

「ありがとう」

間もなく、玄関に婦人が訪れて来て、何やら妻と語り合ってから、帰って行った。

そして妻が、捨てられかかった子を抱いて、二階の私の部屋へあらわれた。

「これか……」

「黒いでしょ」

黒いも黒い、真っ黒な仔猫《こねこ》である。

老母と妻は、今日の午後、この仔猫を見て、

「とても可愛い」

というので、私へ見せに来た。

「いけない。四匹も飼っているんだ。いいかげんにしなさい」

それで断ったところ、件の婦人は夜に入って捨てるに捨てきれず、またしても電話をかけてきたのだ。

家に病人が出て、とても飼いきれなくなったらしい。

犬にせよ、猫にせよ、その管理もできぬのに、ただ飼ってみたいというだけで飼う。人間とちがって、犬も猫も、子を生むときは一匹ではすまない。結果は捨てられて野犬、野良猫となる。それでも餌をあたえてくれる人がいればよい。なければ餓死《がし》するよりほ

かならず去勢《きょせい》してもらう。飼犬とて同様であることはいうをまたぬ。

それでないと、近所に迷惑をかけることになる。

私のところの飼猫は、時が来れば獣医にたのみ、かに道はないのだ。

私は幼時から、母の実家へ引き取られて成長したが、曾《ひい》祖母も祖父母も、叔父も母も、飼猫を絶やしたことがなかった。

それゆえ、飼猫のいない我が家というものは、私にとって考えおよばぬことなのであって、妻もまた、我が家の人となってから、猫を愛するようになってしまった。

今年の初夏。生まれて二年目を迎えた雄猫《おす》の〔トント〕が、我が家の前の道で自動車にはね飛ばされた。

これを目撃した妻が塀にしがみつき、

「トント……トント……」

と、泣き叫んだのには、私もおどろいた。

このような老妻の姿を見たのは、はじめてといってよい。

私が死んだとしても、あのような姿を路上では見せないだろう。

〔トント〕は手術の経過が悪くて、ついに亡くなってしまったが、そのかわりに獣医が雌《めす》の仔猫をもってきてくれた。

あまりに眼が大きく、歯をむき出すところが猿に似ているので、私は「サル」とよんだが、家内は二代目の〔トント〕にしてしまった。数年前に封切られたアメリカ映画〔ハリイとトント〕に出て来る老猫と、その物語に妻はよほど感銘を受けたらしい。

私は、仕事の気分転換に飼猫をおもちゃにするものだから、あまり、猫たちは懐《なつ》かない。例外は、五年前に死んだシャム猫の〔サム〕と、十余年前に死んだ三毛猫の〔五郎〕で、サムは夜更けに書斎へ入って来て、私と共にウイスキーをのんだ。これは、いまもいる老猫の二代目・サムも同じようにウイスキーをなめる。シャム猫というのは、やはり一風《いっぷう》変わったところがある。

五郎は、私の枕元に寝た。ふと、眠りからさめたとき、五郎が後足で立ち、ふらりふらりと踊っているのを何度か見た。

(何に浮かれているのだろう……)

おもしろくなって顔を向けると、たちまちに気づき、そ知らぬ顔で、また寝そべってしまうのだ。

ところで、八十をこえた老母が一所懸命に飼猫の世話にはげむのは、

(こうして、猫たちを可愛がっておけば、自分の寿命がのびるだろう)

と、考えているふしがないでもない。

また、猫の餌を買いに行くことが、

そこに、我が家における自分の存在価値があるとしているのだろう。

してみれば、私が飼猫をゆるすのも、親孝行をしていることにもなるではないか。

（私の役目だ……）

と、気負《きお》っているところもある。

ここまで書いたとき、妻が入って来て、貰ったばかりの飼猫の名を、

「何とつけましょう?」

と、いう。

「カラスにしろ」

「色が黒いからですか。そんなのはいけませんよ」

「カー公でもいい」

「いけません。三代目のココちゃんにします」

年末年始

今年の私は、気学でいうと衰運《すいうん》の極になっており、仕事にも健康にも影響はなかったが、解決のむずかしいトラブルがいくつも起こって、

（ああ、早く来年になってくれればよい）

そのおもいで、一年をすごした。

こうしたときには、月日の経過を遅いと感じるものなのだが、それにしても、やはり例年のごとく、

「あっ……」

という間に、一年が過ぎてしまった。

すべてのトラブルも、気学を運用し、自分なりに解決したわけで、来年の春からは、私は盛運の第一年目に入ることになる。

そして、ついに、私も還暦《かんれき》に達する。

還暦を迎える自分なぞ、想ってもみなかった若いころは別として、新しい年を迎えるに

あたっての私の心境といえば、かの一休禅師《いっきゅうぜんじ》が詠んだとつたえられる、つぎの一首につきる。

門松《かどまつ》は冥土《めいど》の旅の一里塚
めでたくもあり、めでたくもなし

それでいて、年末から正月に至る日々が、

(たのしみでないこともない……)

のは、私には三碧《さんぺき》という少年を象徴する月命の星があるからなのだろう。

この年齢《とし》になっても、私には無邪気な心が残っている。

それゆえにこそ、一日一日をたのしむことができるのだろう。

私は十三歳のころから働きに出た。

そういっても、これといった苦労をしてきたわけではない。

少なくとも太平洋戦争が始まり、それまでは、分不相応《ぶんふそうおう》の暮らしをしていて、それが現在の仕事に生きていることをおもえば、

(おれの一生は、ほんとうにめぐまれていた……)

と、おもわざるを得ない。

男として、何一つ、おもい残すことはない。

むろんのことに、おのれの死は怖《こわ》い。

未経験のことだからだ。

生まれてこの方、医者の手にかかったことはほとんどないし、人相、手相からみても、

「八十までは生きる」

そうだが、それはどちらでもよい。

男が還暦ともなれば、先のことは、もう知れてある。

しかし、仕事については、これから数年の間、自分がたのしみにしているものが書けるかとおもう。

だからといって、自分の仕事を、

(後世に残したい)

などという考えは、いささかもない。

それにしても、老年になればなるほどに、たのしみが増えるということは、まことに皮肉なことといわねばなるまい。

仕事のほかのたのしみを味わうために、自分の生活を、つとめて簡素にし、時間を多く生み出したい。

それはもう、三、四年前から実行に移している。

以前は、年末ともなれば、正月に食べるものを京都へ買いに出かけたりしたものだが、

いまは、もうやめている。

正月は、元日から仕事にかかる。

それを知っている仕事関係の人びとは、新年の休暇が終ってから顔を見せるようにしてくれている。

そのかわり、私は年末に自分の休暇をとる。

年末は何処へ出かけても空《す》いているし、のんびりと心身をやすめることができる。

家人は正月の仕度にいそがしいので、私に外へ出てもらいたいというわけで、私の休暇は年末と、梅雨に入る六月にむかしから決まっているのだ。

今年の暮れは伊豆の大仁《おおひと》で四、五日をすごすことになっているけれども、来年早々から直木賞の銓考《せんこう》をすることになったので、候補作を大仁で読まねばなるまい。

三十日か大晦日《おおみそか》に帰京をすると、毎年の大晦日に訪ねて来る人びとに会うのがたのしみだ。

以前の大晦日には、かならず外へ出て、映画を観てから年越しの蕎麦《そば》を上野の〔藪《やぶ》〕で買って帰るのが習慣になっていたものだが、いまはやめている。

むかしなじみの女優・香川桂子が〔更科《さらしな》〕の蕎麦をとどけがてら、遊びに来てくれるからである。

私が正月をたのしみにするのは、この年末の休暇があるからだろう。

元日から仕事といっても、そこは正月ゆえ、ほんの二、三枚を書き出すだけだし、来客もないことはない。

三が日がすぎてから、平常の仕事にもどる。

そうなると、数カ月先の日程に合わせて仕事をすすめるわけだから、一年の経過が早いのも当然といえよう。

来年の初夏には、また、フランスの田舎やベルギーをまわることになっている。

これは仕事ではない。気ままな旅をするわけだが、そのためには正月早々から仕事をすすめておかぬと、せっかくの休暇が休暇にならなくなってしまう。

のんびりとした、私流の外国旅行も、

(来年が最後になる……)

ような気がしてならない。

遠い未来のことはさておき、これからの二十年、三十年は世界中が大変なことになるだろう。

科学とメカニズムの発展は空恐ろしいまでに、人間本来のいとなみを変えて行く。

同時に、人間たちの心身からは余裕《ゆとり》が消えて行く……などと考えているのは、私どものような老人のみかも知れない。

若い人たちは、その変転をたのしみ、順応して行けるのだろう。

II

ハマ空とカフェ・スペリオ

第二次世界大戦が終って、数年後の春の或日に、イギリスの片田舎の駅に下《お》り立った初老の男が、その町の店屋から自転車を借りて、田舎道を走り出す。

やがて……。

初老の男は、雑草に埋もれつくした野原に出る。

自転車から下りた彼は、感慨《かんがい》深い視線で、あたりを見まわしつつ、ゆっくりと歩みはじめる。

だれもいない野原だった。

小鳥の声が、遠くで聞こえるのみなのである。

この初老のアメリカ人は、いったい何のために、海をわたった異国の片田舎へやって来たのだろうか……。

やがて彼は、野原の一隅に、朽ちかけ寂《さび》れつくした建物の残骸《ざんがい》を発見する。

彼の両眼に、光が凝《こ》る。

白いものがまじった眉毛が微《かす》かにふるえる。

この建物は、大戦中に、米空軍の格納庫だったのだ。

初老のアメリカ人の回想は、急激に鮮烈なものと変わる。

一陣の風が、野の草を吹き払って行く。

その風の音が、轟々《ごうごう》たる爆撃機の爆音に変わり、観客はたちまちに、血なまぐさい過去へ連れて行かれる。

これは、二十世紀フォックス社が一九五〇年に製作した映画〔頭上の敵機——TWELVE O'CLOCK HIGH〕のトップ・シーンである。

初老のアメリカ人は、当時の隊長・サヴェージ准将の副官をしていたのだ。

この映画では、グレゴリイ・ペックが演じたサヴェージが主役だったが、副官役のディーン・ジャガーは、文句なしにアカデミー助演賞を獲得したほどの名演だった。

このイギリスの基地は第918米空軍の長距離爆撃隊のもので、当時はドイツ空軍の集中攻撃を受けて損害が甚大なものとなり、新たな指揮官としてサヴェージがやって来る。

そのサヴェージの苦悩が、ペックの硬質な演技とよく溶け合い、規律と猛訓練の権化《ごんげ》となり、敵の猛攻と、部下の反撥《はんぱつ》と憎悪とを一身に引き受けたかたちで心身をさいなまれて行くという……封切当時の、アメリカの戦争映画としては、たいへんに味の辛《から》いものだった。

老匠ヘンリイ・キング監督の晩年を飾った秀作である。

そのとき、夏草が生《お》い茂る道に立っていたぼくに、

「頭上の敵機ですね」

と、声をかけたのは、同行のNだった。

ぼくも、三十何年も前の空軍基地に立ち、司令部の残骸をながめていたのだった。映画好きのNも、ぼくと同じようなイメージで、立ちつくしているぼくを見ていたのだろう。

「でも、ぼくは戦争中、ほとんど何もしていなかった……」

と、ぼくはいった。

友人のNは陸軍の兵士として満州へわたり、終戦後は三年間も、シベリアで抑留《よくりゅう》生活の苦労をなめつくしてきている。

ぼくの、ただ一人の従弟であるMも、四年間、シベリアに抑留されていた。

それにくらべれば、ぼくの戦争体験など、

「埒《らち》もない……」

ものなのだ。

ましてや、異国の戦場で、いまとなっては無意味な戦死をとげた人たちのことをおもえば、尚更のことである。

そこは、横浜の杉田の先の、海にのぞむ山間《やまあい》だった。

むかし、海には大型の飛行艇が浮かんでいたものだ。

その海も、埋め立てつくされ、ほとんど見えない。

格納庫が一つ残ってい、それは現在、何かに使用されているらしかった。

それにしても、まさかに、司令部や兵舎の残骸を、三十余年後のいま、ふたたび見ることができようとは、おもってもみなかったことだ。

ここは戦時中、海軍八〇一航空隊の基地で、横浜航空隊ともいい、略して〔ハマ空《くう》〕ともよばれていた。

飛行艇の基地だから、ひろい滑走路を必要としない。

両側に小高い丘がせまり、樹木が鬱蒼《うっそう》と茂る中に、コンクリートの建物が合わせて六棟ほどあった。

「ここだ。ここにいたんですよ。ぼくは……」

「何です、そこは？」

「司令部の電話交換室。ぼくは、この基地にいたとき、交換手だった」

「へーえ……」

Nは、すこし、おどろいたようだった。

ぼくが、横須賀海兵団の浪人分隊から、横浜航空隊へ配属され、四人の水兵と共に転勤して来たのは、たしか、昭和十九年の初夏だったとおもう。

ぼくは、その前に病気になってしまい、それまでの分隊から一人外《はず》され、海兵団へもどって来たのだった。海兵団の第三分隊というのは、ぼくのように母船からはなれた下士官や兵があつまって来る分隊で、毎朝、きまった時間に、士官がデッキへあらわれ、数件の配属先を読みあげる。

それを聞いて「よし」とおもい、手をあげると、たちまちに配属が決まってしまう。

ぼくたちは若かったし、戦争が熾烈《しれつ》となってくる中で、あせっていた。つまり、一日も早く身を落ちつけたかった。嘘ではなく、自分が〔納得の行く場所〕で、

「敵と戦いたかった……」

のである。

そのときと現代との、戦争の概念《がいねん》は、まるでちがう。

ことに、ぼくは、前に海軍軍人の腐《くさ》れ切ったところのみを見てきていただけに、何とかして、自分が「これなら死ねる……」と、おもえる場所へ配属してもらいたかったのだ。

或日、若い士官がデッキへあらわれ、

「八〇一航空隊」

と、読みあげた。

そのとき、ぼくは、

(これは、前線の航空基地にちがいない)

と感じ、すぐさま、手をあげた。

ところが何と、これが横須賀とは目と鼻の先の横浜基地だったのである。

横浜は、東京の目と鼻の先ではないか。東京以外に、ぼくの家も家族もない。

ぼくの家は東京にある。

(東京へ行けるかも知れない……)

そうおもうと現金なもので、胸が躍《おど》ってきた。

これは、夢にも、おもわなかったことではないか。

〔ハマ空〕へ移って間もなく、ぼくは電話交換室勤務を命じられた。これは東京に生まれ育った言語と声を採用されたのだろう。

しばらくして、外出があった。

海軍の外出は、夕刻から翌朝までである。

つまり、外泊がゆるされる。ここが陸軍とちがう。

はじめての外出のとき、広場に整列していると、当直の士官が、ぼくたちの服装を点検して、ぼくの前へ来ると、いきなり撲《なぐ》りつけられた。

「……?」

撲られた理由がわからなかった。

すると、

「きさま。何故、香水をつけていない」

と、やられた。

海軍には、そういう、ふしぎなところがある。

この士官は、のちに、ぼくが深夜の交換室で、ひとり勤務しているときにやって来て、

「池波。これをつけろ」

と、フランスの香水を一つくれた。

つぎの外出日に、その香水をつけて整列すると、折しも、かの士官が当直で、ぼくの前へ来るや、

「よし」

莞爾《かんじ》として、うなずいたものだ。

さて……。

〔ハマ空〕へ転勤して、はじめての外出日となった。

すでにそのとき、ぼくは東京へ行けないことを知っていた。

横浜の海軍にいるものは、特別の許可がないかぎり、川崎から向こうへは行けない。国電の駅々には巡邏《じゅんら》隊の下士官が、きびしく見張っている。

そこで、ぼくは、杉田から市電へ乗り、桜木町で下車し、弁天通りの〔スペリオ〕へ行った。

〔スペリオ〕は、戦前の、いわゆる〔カフェ〕である。

酒も食物も、自由にならなくなっていたわけだから、スペリオの扉も閉ざされていたが、

（だれか、いるだろう）

と、おもい、扉を叩くと、ママがあらわれた。

これが、四年前に亡くなった石川貞《さだ》さんである。

当時、三十前後だったろう。

ぼくは、つい先ごろまで、このひとを戦前の〔スペリオ〕のママだとばかりおもっていたのだが、実は、そうではなく、戦前は〔スペリオ〕のホステスで、戦後にママとなったのだということがわかった。

でも、彼女を〔ママ〕とよぶことにしよう。

扉を開けて、一等水兵の正装に身を固めたぼくを見るや、ママが、

「あら、正ちゃんじゃない」

「いかにも、さよう」

「バカ」

「しばらく……」

「いつ、海軍に入ったの。あんたなんか海軍へ入ったら、いっぺんに死んじまうんじゃない？」

と、やっつけられた。

数年前までは、豊艶《ほうえん》の美貌を誇っていたママも、さすがに、やつれて見えた。

「東京へ電話したいんだ」

「いいわよ。お入んなさい」

入れてもらって、ぼくは、ためいきをついた。

数年前までの〔スペリオ〕は、見るかげもない。それはそうだろう。商売ができないのだから……。

そのとき、ママは、ぼくに親子丼をつくってくれ、貴重なビールを一本あけてくれたのだ。その味をいまも忘れられない。

東京へ電話を入れ、母をよび出し、いま、横浜にいるというと、

「ええっ……」

母は、おどろき、

「脱走したのかい？」

と、いったものだ。

つまりは、それほどに、若いころのぼくは、だれにも信用されなかったのだ。

つぎの外出日を母にいい、横浜へ来てもらうことにした。

当日。桜木町の駅前で、母と会うことができた。

横浜の食堂も喫茶店も営業をしていない。

まさかに母を〔スペリオ〕へ連れて行くわけにもいかず、仕方もないので、外人墓地の草の中へ坐り、母が持って来た海苔巻やら菓子やらを食べながら、はなしをした。

ぼくは、配給の菓子やサラシ布などを母にわたした。

母を送ったあとで〔スペリオ〕へもどり、扉を叩いたが、だれも出て来ない。灯も消えていた。

ママにも、サラシや菓子を持って来たのだが、どうしようもなかった。

以来、ぼくがママの顔を見ぬままに、ママは亡くなったのだ。

十五年ほど前に、〔スペリオ〕が弁天通りに近い場所で営業しているのを見つけて、すぐに入ったが、ちょうど、ママは郷里の長崎に出かけていて留守だった。

そのままに会わずにいて、昭和四十七年の十一月にママは……石川貞さんは亡くなった。

ぼくと横浜のことを書くについては、やはり〔スペリオ〕と〔ホテル・ニューグランド〕を除《のぞ》くわけにはいかない。

それにしても……。

戦前の東京に生まれ育ったぼくにとって、横浜とは、ずいぶん遠い土地だった。

立版古

「立版古」

いま、

とか起こし絵とか組み上げ燈籠といっても、知っている人がどれほどいるだろうか。

大きな和紙に、錦絵ふうの人物や家や木立や馬や、草むらにいたるまでがびっしりと極彩色の木版で刷り込まれている。

三枚つづき、四枚つづきで一組のもあったし、大がかりのものは五枚、六枚とあった。

この絵を小さな鋏で、ていねいに切り取り、細い木で組み立てた〔舞台〕の上へ貼りつけてゆく。

家などは、中の座敷や床の間まで組み立てられ、これが完成すると、立体的な畳半畳ほどもある、すばらしい細工物になって、歌舞伎の舞台を目の前に見るおもいがしたものだ。

そういえば、忠臣蔵だとか、伊賀越えの仇討ちだとか、奥州安達ヶ原だとか、芝居を題材にしたものが多かった。

上方でいう〔立版古〕の沿革について、くわしく書きのべている暇はないが、江戸末期からあった。

むかしは、完成した細工舞台の前に蠟燭《ろうそく》を立てたりして、夏の夜を大人も子供もたのしんだらしい。

ところが、あの関東大震災で、立版古の版木が焼失してしまったものだから、ぱったりと姿を消した、という人もいる。

だが、大震災の年に生まれた私が四つ五つのころは、まだ浅草の本屋で立版古を売っていたのだ。焼け残った版木が、まだあったにちがいない。

幼かった私の、正月のたのしみは、先ず、この立版古だった。

なぜなら、父が年末から新年にかけての休みに、立版古を造ってくれたからである。

立版古を組み立てるのは、容易なわざではない。よほど手先の器用な人でないと、最後までやりとげられなかった。

中には、三月《みつき》も半年もかけて、大がかりに組み立てる人もいたそうな。

私の父は、まことに手先が器用で、休みの間に組み立ててしまう。

出来あがったのを見るのもたのしかったが、絵を切りはなし、組み立てにかかる父の手のうごきを見ているのは、背すじがゾクゾクするほどにたのしかったものだ。

年末になると、私は、

「お父ちゃん、燈籠《とうろう》つくってよ」

と、甘え、せがんだらしい。

父もまた、こうした細工物をするのが大好きだったようだ。

完成した細工舞台の前で、おそらく父や母が、

「この忠臣蔵はね、殿様の敵《かたき》を四十七人の家来が討ったのだよ」

とか、

「その大将は、大石内蔵助という、えらい人なのだよ」

とか、説明をしたにちがいない。

後年、私が劇作家となった遠因は、この幼時体験にあるのかも知れない。

私の叔父などは、マッチの空箱の中へ自分が描いた舞台装置を組み立てたりしていたものだ。

おもえば、そのころの私は、もっとも幸福な時期にあったのだろう。

私が七歳のとき、父母は離婚してしまい、私は母の実家へ引き取られた。

それから、別に苦労をしたわけではないのだが、立版古を造ってくれる人がいなくなったことだけはたしかだ。

そのかわりに私は、チャンバラ映画と読書に熱中した。

そして、愛読する少年倶楽部の付録には、厚紙で組み立てるビルディングや軍艦の模型があらわれ、立版古にかわって私をよろこばせたが、不器用な私は自分で組み立てることができず、叔父がいつもやってくれた。

小学校へ行くようになると、友だちも増えるし、さまざまな遊びもおぼえるということで、いつしか立版古のことを忘れてしまったのだろう。

あのころの少年倶楽部の新年号の発売の待ち遠しかったことは、いまもおぼえている。五十銭銀貨を汗ばむほどに握りしめ、友だちといっしょに、朝早くから本屋の前へ立ち、本が届くのをじりじりしながら待っていた。

そして、たくさんの付録がついた少年倶楽部を受け取るときの胸のときめきは何にたとえたらよかったろう。

夜になると熱い泥行火《どろあんか》にもぐり込み、寝そべって雑誌を見るたのしみは、格別のものだった。

それと、やはり餅《もち》だ。

正月になると餅が食べられる。この一事を、私たちは舌なめずりをして待ちかまえた。焼いて醤油《しょうゆ》をつけたり、黄粉《きなこ》であべ川餅にしたりだけではおさまらなくて、子供たちはいろいろと食べ方を考えた。

いまでいう、お好み焼き（私たちはドンドン焼きといった）ふうにして食べたりもした。

メリケン粉を卵と水で溶き、フライパンで薄く焼き、この中へ、薄く切った餅をのせ、その上へまたメリケン粉をかぶせ、こんがりと焼いてからソースで食べる。

または、餅といっしょに、饅頭《まんじゅう》から抜き取った餡《あん》を包み、このときは黒蜜《くろみつ》をかけて食べる。

餅は自分の新しい年齢だけ食べるものだといわれ、十七、八のころまでは難なく食べたが、五十をこえたいまは小さく切ったのを三つも食べればよいほうだろう。

そのかわり、たとえば鶏のスープ鍋などをしたとき、油揚げを二つに切り、その袋の中へ餅を入れ、スープで煮て食べたりするのは好きだ。

何といっても、うまいのは、薄く切った〔欠《か》き餅〕を炭火で焼き、醬油をつけて食べることだろう。

御供《おそな》えの、かたくなった餅をくずし、これを丹念に焼いていた曾祖母の白髪頭が正月になると目に浮かんでくる。

それにしても近ごろの餅の、何と、まずくなったことよ。

一枚の写真

この写真を撮《と》ったときのことを、ふしぎに私はおぼえている。私は数え年の三つか四つだったろう。

浅草の祖父母のところへ泊まりに来ていた私を、父が迎えに来て、日本橋の、いまの髙島屋の近くの写真館で撮影したのだ。

しきりに、ダダをこねる私を、父がなだめすかしていたことを、いまもはっきりおぼえている。

写真を撮ってから、市電で上野駅へ行き、汽車で浦和の家へ帰った。そのとき、駅の売店でキャラメルを買ってもらったこともおぼえている。

父母は、関東大震災で浅草の家が焼けたので、当時は田園そのものだった浦和へ引越し、そこから父は日本橋の綿糸問屋《めんしどんや》（父は番頭だった）へ通勤していた。

この浦和での、おだやかで平和な数年間の暮らしは、現在の私へ微妙に作用している。

池波正太郎記念文庫所蔵

ふたりの祖母

私の父方の祖母は、嫁《とつ》いだ母が、いまも「いいひとだった」と洩らすほどだから、よほど、おだやかな人柄だったらしい。まるまると肥《こ》えて、愛らしい老婆ぶりが一枚だけ写真に残っているけれども、孫の私が物心ついたとき、この祖母は、すでにこの世の人ではなかった。

私は七歳のときに、父母が離婚したので、母の実家へ引き取られた。

この家には祖父も祖母もいて、さらに曾祖母も存命だった。

どちらかというと、私には曾祖母のほうが、なつかしくおもわれる。

祖母にとって、私は、

「恐るべき悪童……」

だったらしい。

事実、いま幼少のころの自分をおもい返してみても、大人に可愛がられるような子供ではなかったとおもう。

しかし、私のように早熟で生意気な子供を可愛がってくれた人も、ないわけではない。そのひとりが曾祖母だった。

祖母も曾祖母も、名をお浜《はま》という。

曾祖母は、むすめ時代に、下総・多古一万二千石の大名・松平大蔵少輔の侍女奉公をしていて、殿さまの御袴《おはかま》たたみが受け持ちだったそうな。

あの上野の戦争があったとき、小石川の松平屋敷へ、彰義隊《しょうぎ》と官軍が飛び込んで来て、一対一の斬り合いになったのを、曾祖母は目撃しており、後年、曾孫の私を連れて近所の映画館でチャンバラ映画などを観たりすると、その帰りに竹町の万盛庵（小学校の同級・山城一之助の家）へ立ち寄り、私にカレー南ばんをとってくれ、自分はもりで一合の酒をのみながら、

「なかなかどうして、さむらいの斬り合いなぞというものは、あんなものじゃあない」

などと、いった。

私が喧嘩をして、負けて帰って来ると、曾祖母は外へ飛び出し、

「うちの正太郎をいじめたやつはだれだ！」

と叫ぶので、母も祖母も閉口《へいこう》したものだ。

「男が負けっぱなしでいてはいけない。木刀で仕返しをしておいで。勝ったら、相手をやっつけたら、お前の好きなカツライスをおごってやる」

曾祖母にけしかけられ、何度かカツライスに舌つづみを打ったこともある。

こうした曾祖母の愛情を子供ごころにも感じていたのだろう。八十何歳かで曾祖母が死病の床についたとき、当時十歳の私は、毎日、学校から帰るとそうめんを茹《ゆ》で、枕もとへ運ぶのを常とした。

曾祖母は、これを非常によろこんでくれたものだ。

祖母が亡くなったのは、戦争が終り、私が海軍から復員してから間もなくのことで、敗戦の虚脱《きょだつ》のまま、毎日をぼんやりとすごしていた私の顔を、病床からつくづくとながめ、

「お前という人は、ほんとに、ろくでなしだねえ」

と、嘆いたものである。

越中・井波——わが先祖の地

私の父方の先祖は越中《えっちゅう》（富山県）井波《いなみ》の宮大工《みやだいく》だったそうな。このことを何かの原稿に書いたのを井波の人たちが読んでくれ、中でも歴史民俗資料館の館長をしておられる岩倉さんが、しきりにさそってくれたので、秋も深まった或日、私は京都から越中へ向かった。

新潟行の湖西《こせい》線へ乗り、ちょうど昼どきだったので、ウイスキーにサンドイッチでもやるつもりで食堂車へ入ったら、清潔な調理場でコックがカツレツを揚げているのが目に入った。その揚げたてのカツ・カレーが急に食べたくなり、注文をする。

新幹線の悪名高き〔ビュッフェ〕とは大ちがいで、御飯もカレーもカツレツも熱くて旨い。

しかも、実に親切なサーヴィスだった。

この列車の食堂車は新潟から入っているとかで、メニューにもおもしろいのがあって、私は久しぶりに、のんびりと食堂車へ腰を落ちつけてウイスキーをのみつづけた。

座席へもどり、ひと眠りして目ざめると、もう金沢だった。

京都では晴れかけていた空に、灰色の幕が張りつめている。

高岡へ着くと、岩倉さんが出迎えてくれた。

北陸へは数えきれぬほどに出かけた私だが、井波は城端《じょうはな》へ行ったとき、その外観を一望したにすぎない。

（ここが、おれの先祖が住み暮らしていた井波か……）

立ち寄りたかったが、講演の旅だったので、自分ひとりの勝手はできなかった。

私の先祖が井波をはなれ、江戸へ移ったのは天保のことだときいている。

父の姉のつれあいの伯父が生前に、わざわざ井波へ寄ってくれて、町役場で調べてくれ、

「井波で最後に残った池波という姓の人は、明治のころに信州へ移り住んだらしいが、行先は不明だそうだよ。でも、井波に池波という姓は極《ご》く少ないらしいから、それが、お前さんのところの御先祖の末裔《まつえい》じゃないかね」

と、知らせてくれた。

東京で何代にもわたって住みつづけていると、自分の祖先のことなどに、あまり関心を抱かなくなる。

まして、私のように江戸時代に移って来た場合、ほとんど手がかりを失ってしまうよ

うだ。池波家は江戸へ移ってからも大工の棟梁《とうりよう》で、祖父の代までつづいた。前述の伯父の家を建てたのも祖父である。父の代になってから職業が変わり、父は日本橋の綿糸問屋の番頭になってしまい、私は、また現在のような職業に転じてしまっている。

ただ、いまにしておもうと、父は、たしかに細工物をすることが好きだったようだ。また器用でもあった。

私のために、玩具や起こし絵の細工物をつくってくれている父の姿を、いまも想い起こすことができるし、父もまた、わが子のためにというだけではなく、あきらかに、細工をすることへ熱中していたのだ。

小雨にけむる、人口一万の井波町。その本通りの両側に木彫師《きぼりし》の店がたちならぶ。

その一角を指して、岩倉さんがいった。

「そこが、御先祖と縁つづきの池尻屋宗七《いけのしりやそうしち》さんが住んでおられたところとおもわれます」

池尻屋宗七こと池波宗七は、天保八年に生まれ、明治三十年に死去している。その娘か、孫の代に至って池波家は井波をはなれたとのことだ。井波では、木彫師にも大工にも屋号がついていたのだそうな。

ほとんど自動車も通らぬ、しずかな本通りに、コーヒーをのませる店は一軒しかない。

甘泉堂《かんせん》という菓子の老舗の息子さんが東京で菓子の修行をして故郷へ帰り、本通りの元菓子舗だった店を買い受け、瓦屋根《かわら》と、木彫の古びた看板をそのままにして、内部を明るくて美しいコーヒーとケーキの店にした。この店のコーヒーも、栗とレモンのカステラも旨かった。

その近くに、浅草生まれの老婦人が住んでいる。

「井波は、いかがです」

私が尋ねると、

「ほんとうに、よいところでございますよ。こんなに人情の深いところはございません。朝なんか、道を通る小学生が、私などにも朝のあいさつをしてくれますの」

老婦人の言葉が、私にはうれしかった。

何だか、自分の故郷をほめられたような気分になってくるのが、ふしぎなほどだった。

「ただ、風が……雪を吹きつけてくる、その風の強さ、恐ろしさはたまりません。厚い戸が弓なりになってしまって、いまにも破れるかとおもうほどです」

このあたりの風の凄まじさを、いつであったか、何かの本で読んだことがあった。

この日の夜。

私は、日本でも屈指の銘木《めいぼく》店を経営している野原さんの案内で、利賀《とが》の山中にある野原さんの実家へ泊めていただいた。

岩倉さんと野原さんは、農学校時代からの親友だそうな。

八乙女《やおとめ》山の裾にある井波の町から、庄川《しょうがわ》沿いに山道をさかのぼって行く。この山地は五箇山《ごかやま》を経て飛騨《ひだ》へつづくのである。

利賀村の旧家（前川家）へ案内してもらい、野原さんの説明で、その材木の使い方のすばらしさにおどろく。何しろ幅一間半の一枚板を戸に使ってあるのだ。

野原さんの実家へ着いたときは、夜に入っており、雨が降り出してきた。

ここは以前に旅館だったそうで、いまは〔尾の上〕という仕出し屋になっている。

岩魚《いわな》の刺身、蕪《かぶ》の酢の物、海苔ワサビ、山芋、みんな旨かったが、とりわけて山芋つなぎの手打ち蕎麦は、私がはじめて口にするものだった。ほとんどブッ切りの蕎麦だから、これを箸で手《た》ぐってすすり込むのではなく、たっぷりと椀に張った熱い汁ごと、掻《か》き込むようにして食べる。

口をつけるまでは、一杯以上は食べられないとおもったが、あっという間に二椀、腹の中へ入ってしまった。ちょっと類《たぐい》がない旨さだった。

〔尾の上〕の次男の青年は、ひとりでワサビ畑をやっている。そのワサビを、ふだんに使ってくれるのだから、ワサビ好きの私はすっかりよろこんでしまう。

岩魚の骨酒《こつざけ》をのみ終えたころに、利賀村の若い人たちが来て、麦屋節《むぎやぶし》と〔こきりこ〕を踊ってくれた。

夜は豪雨となり、雷鳴がきこえた。

翌朝、雨が熄《や》んで、山々の紅葉をたのしみながら、井波へ引き返したが、ついに空は晴れなかった。

町役場も小学校も産業会館も、福祉センターも、みんな立派な近代建築で、

「養老院もあるんでしょう?」

私が尋ねると、岩倉さんが、

「むろん、あります」

「あと十年もしたら、入れてもらおうかな……」

「歓迎します」

と、いうことだった。何となく心強い。

小説が書けなくなったら、先祖の地へ来て骨を埋めるのもよいではないか……などと、しきりにおもう。

昼食は〔丸与《まるよ》〕という料亭で、前に面識がある町長の川原さんも見えた。

「このあたりは、むかし遊廓《ゆうかく》で、芸者も四十八人いまして……」

と、岩倉さん。

「いまは?」

「一人きり」

午後は、井波の伝統工芸である木彫の古いものから新しいものまで見せてもらった。さすがにすばらしい。私の父方の祖父は宮大工だが、母方の祖父も錺《かざり》職人だった。そして、孫の私は小説を書いているわけだが、どうも十年ほど前から、原稿紙にペンを走らせていても、何やら、二人の祖父が鑿《のみ》や鑢《やすり》を使っているような気分になってくるのだ。万年筆のペン先を洗っているときも、職人が道具の手入れをしているような気分になってくる。

こういうのを「血……」というのだろうか。

若いときには、先祖のことなど想ってもみなかったのに、近年は妙に、気になってくるのは、やはり私が初老の年齢に達したからだろう。

初老どころではない。私の二人の祖父は、私よりも若くて病歿しているし、当時は、それが定命《じようみよう》だったのだ。

この日の夜は、本通りの突き当たりにある瑞泉寺《ずいせんじ》の横手の〔東山荘〕という宿へ泊まった。小ぢんまりとした清潔な宿で、のびのびと眠ることができた。

翌朝、小道をへだてた瑞泉寺の鐘の音で目ざめる。小雨がけむっていた。窓から顔を出していると、通りかかった小学生の男の子と目が合う。すると、その子は帽子をとって挨拶をするではないか。見も知らぬ旅人の私にである。一昨日の老婦人の言葉が、いまさらながら、おもい起こされた。

この日は、瑞泉寺を拝観した。

この寺は、古いむかし、南北朝のころ、後小松《ごこまつ》天皇の勅許《ちょっきょ》を得て創設された大寺である。

北陸は「真宗《しんしゅう》王国」と、いってよい。

戦国のころの、宗徒たちの、法灯《ほうとう》を守るための結束は非常なもので、その激しい抵抗に戦国大名たちは大いに悩まされた。

堂々たる入母屋《いりもや》造りの山門、大屋根の本堂、太子堂など、その大伽藍《だいがらん》のすべてに、

「隙間《すきま》もないほどに……」

さまざまな木彫がほどこされている。さすがに井波の大寺院だ。

私の祖先も、この寺の改築には動員されたのではあるまいか。

昼食は、瑞泉寺の客間で精進《しょうじん》料理の馳走《ちそう》になる。

給仕をしてくれたのは、この町で茶の湯を習っている女子高校生たちであった。

茶の湯の先生が、

「実習をさせたいので」

と、申し出て下すったのだそうな。

いずれも清らかな少女たちで、その給仕ぶりはさすがに美しい。おもいもかけぬ目の保養をしてしまった。

午後は町内の大宝寺の大法要で、ちょうど、秋葉の火渡り行事があり、獅子舞も出るという。

雨は、まだ熄まなかった。

本通りの造り酒屋や、婦人の木彫師の家を見せてもらったり、裏通りの古びた町筋を歩いたりすると、何だか本当に、井波が自分の故郷のようにおもえてきた。いや、故郷といってもよいわけなのだ。

むかし、長谷川伸師が私に、

「君が書くものを読むと、代々、東京にいた人が書いたものというよりも、北国と九州をまぜ合わせたような感じをうけるね」

そういわれたことがある。

いまさらに、この恩師の言葉が胸に浮かんできた。

やがて、獅子舞がはじまる。

小雨がけむる道筋で、井波木彫の名物・獅子頭《ししがしら》が荒れ狂う。渦巻《うずまき》模様の胴体に四人の若者が入って獅子をあやつる。頬紅《ほおべに》をつけ、白鉢巻に赤の胴着、たっつけ袴《ばかま》の少年たちが木刀、棒、長刀《なぎなた》、日の丸の扇を手に獅子と闘い、獅子と舞う。

（この年齢《とし》になって、故郷ができようとは……）

獅子舞の囃子《はやし》の音が、白昼夢の中できこえているようなおもいがした。

人間以外の家族

我が家では、むかしから飼猫を絶やしたことがない。

今年は、どうしたわけか、仔猫が三匹も、つぎつぎに死んでしまった。かつてないことである。

ことに、自動車にはねられ、手術をした後に死んだネネという三毛猫が惜しくてならない。

雌猫のネネは、私の書斎が大好きだったからだろう。

三匹が死んで、また二匹の仔猫が来たので、シャム猫二匹を合わせると飼猫は五匹になるし、冬だけ、老母の炬燵《こたつ》へ入って来る野良猫が一匹、そのほかにも三匹の野良猫が食事をするためにあらわれる。

猫や犬を飼うとき、子が生まれて困るようならば、あらかじめ去勢をしておかなくてはならぬ。

ただ、おもしろがって飼い、子が生まれると捨ててしまうというのなら、飼わないほうがよい。猫もかわいそうだし、住民の迷惑になるばかりだ。

いま、私のところにいる黒い仔猫のクマは、近所にいるタクシーの運転手君が拾って来た。

彼の目の前で、別のタクシーがクマの母猫を轢《ひ》き殺して逃げた。すると、小さなクマが死んだ母猫に取りすがって泣き、はなれようともせぬ。

たまりかねて抱いて帰ったらアパートの管理人から、

「猫は困る」

と、いいわたされた。

そこで、あぐねきった結果、私の家へ持って来たのだ。

クマは、母猫が轢き殺されたショックがこびりついていて、おびえきっていたが、ようやく我が家にもなじんできて、老いたシャム猫のサムのふところで眠るようになった。

サムは雌猫だが、母親のような気がしているのだろう。

このサムは二代目だが夜半、私が仕事を終え、寝酒のウイスキーをのみはじめると、のっそりと書斎へ入って来る。そこで皿に水割りをつくってやると、ピチャピチャとのみほし、ごろりと横になって眠ってしまう。

初代のサムにも、私はウイスキーをのませた。

彼らが、ウイスキーの味を習慣的におぼえるまでには、かなりの月日を必要とする。

シャム猫は、人間の言葉がわかる。

彼らは、私の声に尻尾で返事をし、尻尾で語りかけてくる。

猫も人間同様、一匹一匹が、それぞれにちがう性格をもっていて、それを見るのが実におもしろい。

書いている小説が重い壁に突き当たって苦しんでいるとき、彼らになぐさめられ、彼らを見ているうちに、パッと壁がくずれて書き終えることができたという経験も、私には少なくない。

さて、そろそろ、サムが寝酒をのみにあらわれるころだろう。ウイスキーの仕度をしなくてはなるまい。

住居と生活

下町の家と道

私が育った浅草の家は、いきなり道路から長四畳、つぎに六畳、台所で、二階は二間だった。典型的な東京の下町の民家である。近所となりも同じような造《つく》りで、老若子供をふくめた何人もの家族が暮らしていた。

間数からいえば、現代のマンションより一間か二間は多かったろうが、家族も、現代の一家庭よりは多かった。三代の夫婦の同居も、さしてめずらしくはなかった。

昭和のはじめに、離婚した母は実家へ帰り、私と弟を育てたわけだが、そこには私の曾祖母や祖父母がおり、叔父がいた。合わせて七人家族である。これなど小人数のほうだったろう。

みんな、せまい家で息苦しく暮らしていたかというと、そうではない。

家のほかに、私たちには公道があった。

自動車や荷車は、もっと大きな通りをえらび、幅十メートルの道路には、自転車以外の車輛《しやりよう》は、ほとんど通らなかった。

道路は私たちの遊び場であり、冬以外の季節には、大人たちの共同のサロンになった。道路の縁台で碁《ご》や将棋《しようぎ》をたのしんだり、芝居の評判をしたり、女たちは世帯のやりくりを語り合い、たがいに助け合ったり、はげまし合ったりするのを、当然のこととした。

当時の日本の人口は現代と差があるだろうが、とくに東京の人口は何倍にもふくれあがり、幅五メートルの道路にも車輛がひしめき合うことになってしまった。

借家

三年ほど前のある夜、ある町すじの酒屋へ入ってコップ酒をのんでいると、勤め帰りの、四十前後のサラリーマンが二人、私のとなりでコップ酒をなめながら、語り合っている声が耳へ入ってきた。

「これから帰って、じいっと息をころして足音を忍ばせて便所へ行き、飯を食い、あとは寝ちまうのか。いまうちの子供たちは試験で大変なんだよ」

「まったく、家庭はあっても、それは、おれたちのものじゃない。女房と子のものだ」

「ねえ、あんた。自分の子供、ほんとうに可愛いかね？」

「ま……可愛いのだろうねえ」

「私は憎いね。憎むよ。私の心も躰も、みんな、家のローンと子供の教育費に食い荒らされちまった。もう、ガイコツだよ」

「ガイコツねえ。そうかも知れんなあ」

むかしの東京人は、住居と我が子の教育について、おもいわずらうことがなかった。向学心の強い子供たちには、努力しだいで、おのずから道がひらけたし、借家《しゃくや》はどこにもあり、住む人を待っていてくれた。私たちは土地を買って我が家を建てることなど、夢にも考えたことがなかった。

男ざかりの男たちは、分に応じて、ゆったりと小づかいをつかうことができ、それが世の中に活気とうるおいをあたえた。三十年前に私が世帯をもったとき、一間きりだったが、住居費は収入の六分の一だった。まして、戦前においてをや。

家族

電化製品もなく、洗濯も炊事も裁縫《さいほう》も、あらゆる家事を、女たちが自分の躰をつかってやりとげていた時代の家庭は、年寄りがいなくては成り立たなかった。

嫁入った若い女たちは、その家にいる経験ゆたかな老人たちの協力を得て家事を切り盛りし、子を育て、夫の世話をした。自分ひとりでは一日の時間で一日の家事が消化しきれなかった。

そして、老人たちが、この世から去って行くころ、彼女たちは、心身ともに一人前の主婦として〔独立〕したのである。

子供たちも、社会生活の第一線から身をひいた老人たちの慈愛と、豊富な体験から生まれた知恵を砂が水を吸いこむように、自分の血肉としたのだった。

むろん、例外はある。

しかし、これが〔家庭〕というものの典型だった。これは世界の、どの国でも同じなのだ。

現代の東京の、住居不足と住居費の高騰が人口の恐るべき膨張《ぼうちょう》によるものであることはいうまでもないが、いわゆる核家族の形態が常識となったからでもある。核家庭は、さらに核家族を生む。そこには、層倍の混乱と悲劇が待ちうけているだろう。

これでは、いくら住居をつくっても間に合うまい。

政治と教育が、家庭の道義を確立したとしても、そのころ、もう私は生きてはいまい。

引き戸とドア

品川の外れにある私の家は、鉄筋コンクリートの三階建てで、書庫と応接間のほかには、私と母・家人それぞれの部屋のみの小さな家だ。

この家を建てたとき、私が設計のT氏に注文したのは「家の中の戸をすべて引き戸にすること」だけだった。

せまい間取りへ、たくさんの引き戸を設けたのだから二重三重の敷居をつけるわけだし、工事に手間がかかるけれども、できあがってみると、小さな家には、これほど便利なものはない。

ドアを開けるときの空間が、不要となるからである。

引き戸や畳、押し入れなど、日本のせまい風土と家と習俗とに、ぴたりと似合った独特の家の造り方というものが、長い年月をかけて完成されていたものを、近年の日本建築は忘れかけている。

都会のマンションやアパートの、せまい住居についているいくつものドアは、何かにつけて人の暮らしの邪魔をする。そして、小さな部屋からはみ出してしまうような応接セットや食堂セットも、人が住む空間を我が物顔に占領してしまう。

なぜ、畳や、折り畳み式の卓を使用しないのだろう。ふしぎで仕方がない。

もっとも、ドアや洋風家具が完全に似合う、異国の住居そのものに住むのなら別のはなしだ。

自然の報復

いま住んでいる家を建てたとき、その機能が石油と電気のみにたよるのではなく、むかし、父母や私が暮らしていた家と同じに、現代では原始的だと笑われそうな設備をほどこしておきたいとおもった。不安だったのである。だが、それは限られたスペースの中で、やはりむりだった。

むかしの東京の人びとは、水と太陽と火と土の恩恵と威厳を、謙虚にうけいれつつ、生まれ育ち、暮らしてきた。

それでないと、ささやかな一家庭でも、大自然の報復をかならずうけなくてはならなかった。世の中が、そういう仕組みになっていたのだ。

いま、林立するビルディングをながめるたびにおもう。この東京の地下水が枯れつくしてしまう日のことを、だ。

何十年も夏の水不足をうったえながら、大都市へ群れあつまる人と車輛と、すき間もなく増えつづけるビルやマンションを黙認しつづけている政治家や役人の気が知れない。

大きな建物は大自然の風光と恩恵を食いつぶし、個人住宅は家族を食いつぶす。大自然の報復をいまから覚悟しておくべきだろう。

首都・東京の環境を模範的なものにすればこれは、かならず地方都市へおよぶ。いまからでも遅くはない。

昔の味

いまから四十何年も前の、小学生だったころの私が、どんなものを食べていたかをおもい出してみることにした。

当時、私の家では、母が女手ひとつで私や弟や祖母や曾祖母を食べさせていたのだから、当然貧乏暮らしといってよい。

しかし、私も弟も、いつも腹一杯食べていたことはたしかだ。

そのころの夏の食卓にのるものといえば、先ず暖かい飯。それに味噌汁《おみおつけ》、香の物のほか、かならず海苔の佃煮とか煮豆とかが出ていたものだ。納豆が出るときもある。

学校へ持って行く弁当といえば、いわゆる海苔弁が最も多かった。

いそがしい朝の仕度の中で、これが一番、手数がかからなかったからだろう。

アルミニウムの弁当箱へ、先ず大きく切った海苔にたっぷりと醬油をつけたものを置き、その上へ飯。また海苔というように重ねてゆくわけだが、いまも、海苔弁をこしらえている祖母の姿が目に浮かぶ。

そして夕飯。

もっとも多かったのが冷奴《ひややっこ》。

これに、町の揚げもの屋で買って来た精進揚げなぞが、夏の膳の取り合わせとしてはよかったのだろう。

胡瓜《きゆうり》もみなんかが、つくときもある。

茄子《なす》を金網で焙《あぶ》ったやつを、

「熱《つ》ッッ……」

なぞといいながら冷水に漬《つ》けては、皮を剝《む》いている曾祖母。

その傍で、焼茄子へかける鰹節《おかか》を削《けず》っている曾孫《ひまご》の私。

現代の子供たちは、こんな食べものを見向きもしないだろう。

東京の下町の子供たちは、大人の食べるものを食べさせられていた。

子供のためにと、特別に料理されたものは一皿もなかった。

こうして書きのべてくると、変哲《へんてつ》もない食べものばかりなのだが、しかし、現代における同じ食品とは、まったく質がちがっていた。

米がちがう、味噌・醬油がちがう。

野菜がちがう、海苔がちがう。

豆腐がちがう、食用油がちがう。

どの食品も、つくる人が、売る人が手塩にかけ、大自然の恩恵を打ち壊すことのないようにして、つくりあげたものばかりであった。

現代でも、こうした食品がないではないが、これを得るためには、相応の費用と時間がかかる。とても一家庭の毎日の食卓に供されるはずがない。

つまり、四十何年前の庶民たちは、現代の高級料亭で使用する食品を日々、口にしていたことになる。

たとえば醬油にしても、むかしは、丸大豆《まるだいず》を使っていた。現代のような脱脂大豆ではない。しかも自然のまま三年も四年も置いたものを、順次、売りに出すというぐあいで、味噌も同様であった。

だから、炊《た》きたての飯へ醬油をたらしてまぶし、その上へ焼き海苔を揉《も》んでかけただけでも、うまくてこたえられなかった。

焼き海苔だって、鉄色の、手ざわりの厚い、たのもしげな一枚を火鉢で焙ったのへ、前述の醬油をつけ、お百姓さんが丹精《たんせい》をこめた米飯にのせて食べるのだから、子供ごころにも、

「みちたりた……」

おもいがしたものだ。

たまさかに出る鶏・豚・牛肉の小間切れにしても、断然ちがっていた。

現代は何事によらず、「質の低下……」が、もてはやされる時代なのだから、むかしの味をなつかしがってみたところで仕方もあるまい。

食べもの日記二十年

ここ二十年来、毎日の食べものを欠かさずつけるのが日課になっている。三年間連用日記で、もう七冊目。その日の出来事を記していなくても、夕飯のおかずを見るだけでその日のことが思い出されるから不思議だ。たとえば朝昼兼帯の、
(一) は、トウフの味噌汁、飯、納豆、香の物（ナス）。
(二) は、牛肉アミ焼き、冷酒、サワラの塩焼き。
(三) の夜食は、きつねうどん、というように簡単につけておくだけだ。
これは、もともと家内が「今晩なににしましょう」と、しばしば困っている様子を見て始めたこと。そんな風におかずに困ることがあると、一、二年前の同じ季節のページを開く。すると、おいしかった料理にはちゃんとしるしがついているから、「ああ、これがいい」ということになる。レストランなどで食べたときには、その場所と同席者の名前を書きそえれば、その日のことはいっそう鮮明になる。別に書いていなくても、訪ねて来た人はしぜんに思い出す。とてもいい記憶の道しるべになっている。また、親し

い友人やお世話になった人の命日など、月初めの日に前もって記録しておく。そういうときに、三年間連用日記はおおいに役立つ。来年、再《さ》来年のところにも書いておけば、一回忌も三回忌も忘れることはない。一冊終えて、四年目にかかるときには全部通してみて、覚えておきたいこと、必要なことを、やはり月の頭に書いておく。日記は、利益を考えたり、理屈でつけるわけではない。私の場合、夜九時半ころ、わずかな時間を利用しているが、それを書かないと仕事が始まらなくなっている。行数にして十二、三行のことなのだが。

二十歳前の若いころは、その日の出来事や読んだ本や、おもしろかった芝居の感想などを中心につけていた。当時の日記を読み返すと、自分の考え方やその時代の風俗が手にとるように思い出され、考えさせられることが多い。

どんなことにしろ、一日を思い起こして頭に浮かんだことを書きつけていると、しぜんに自分の考え方がまとまってくる。自分というものを再確認していくくせがついてくるのだ。書くことに慣れてくれば、いざ手紙を書かなければというときにも抵抗なく書けるものだ。とくに、家庭の主婦ならば、毎日の料理などつけていけば、後々必ず役立つはず。そのうち書くこともおもしろくなり、いろいろ書けるようになると思う。

東京の鮨

現代の日本の風俗が、東京も地方も単一化しつつあるのと足なみをそろえて、食べる物も、それぞれの特殊性を失ってきはじめた。

鮨とても、その例に洩れない。東京独特の鮨などというものは、別にないといってよい。

強いていうならば、東京らしい雰囲気をもっている店が辛うじて残っているということであろう。

それは何かというなら、東京の気風を残している店といったらよい。

いまは、交通の発達によって、遠い海で獲《と》れる魚介も、たちどころに東京へ運ばれてくる。養殖も発達した。

いわゆる「江戸前」といわれた、東京湾が汚染されてしまったので、東京独自の魚介をつかった鮨の風味というものを、いかに筆で書いてみてもわからぬことなのだ。

私が少年のころ、マグロは赤身を第一とし、中トロがようやく客の好みを得たばかりで、脂ぎった大トロなどは鮨屋で出さなかった。大トロは安くて、私どもの家では寒くなると、これを買って来て、よく〔ネギマ鍋〕をしたものである。私は子供のくせに〔ネギマ〕が大好きだったので、魚屋へ買いに行くと、

「坊や。金はいらねえよ」

と、いわれたことを、いまだにおぼえている。

鮨屋も〔つけ場〕の前で食べるというのは、外に出ている屋台店で、普通の店だと店へ入って座敷なり椅子なりに落ちつき、運ばれてくる一人前を箸で食べる。

むろん、好みの物だけを注文して運ばせることもできた。

だから、テーブルと椅子が設けてある鮨屋なら、何の心配もなく入ればよい。

そして、一人前をたのむ。塗物なり皿なりに盛られた鮨は、特上で例外はあるにせよ二千円以内とみてよい。

こうして、自分の好きな店を見つけて通いはじめると、店の人たちもこちらの顔をおぼえる。口の一つや二つもきくようになる。客のほうも、この店ならば安心となってくる。

そのうちに〔つけ場〕の前へ坐って食べるようになる。

〔つけ場〕で、酒の二本ものみ、好きな物ばかり食べていれば、当然、二千円以内ではすまなくなるけれども、このように通い慣れた店ができると、自分の魚介を見る目も変

わってくるのだ。時代の移り変わりが肌で感じられるようにもなる。

私などは若いころに、こうした店の主人たちによって、いろいろと〔教育〕を受けたものである。

もっとも、長髪のフケを落とした手を洗いもせずに鮨をにぎる職人が多くなった近ごろでは、迂闊《うかつ》に入れない。

自分が、ほんとうに好きな店を見つけて、月に何度か足を運ぶようになったら、その店へ、自分の気持をしめしたほうがよいだろう。盆暮れに行ったとき「煙草でも買って……」と、こころづけを出すようにしたい。金額はいくらでもいいのだ。この客の気持は必ず店の人に通じる。通じないような店なら何も行くことはない。

人の好意というものは、かたちに出してあらわさないと通じない。これは男女の愛情にしてからがそうだ。いかに胸の内だけでおもいつめていてもダメだ。

さて、こうして双方の気ごころがわかると、向こうでも「今日は何々が旨いですよ」と教えてくれるようになるし、こちらもまた「トロを薄目に切って、にぎって下さい」と、いえるようにもなる。

まあ、私などは、飯の上へマグロが被いかぶさるようにして尾を引いているような……刺身を食べているのだか、鮨を食べているのだか、わからないような鮨は好きではない。

また、きちんとした鮨屋へ行って「ガリ」だとか「シャリ」だとか「ムラサキ」だとか、通ぶった隠語《いんご》は口に出さぬほうがよい。店の人は黙っていても、肚《はら》の中では嘲笑している。

おそろしいもので、鮨一つ口にするのでも、その人柄があらわれてしまう。口ひとつきかずに黙々と酒をのみ、鮨を食べて帰る客にも、店の人が好意を抱くこともある。

この稿を書いているいま、師走もいよいよ押しつまってきたが、戦前の東京の下町の鮨屋は、大晦日に高張提灯《たかはりぢようちん》を掲《かか》げ、明け方まで店をやっていた。

正月も休まない。ともかくも出前が多かったのである。

むかしの東京の鮨は、むしろ小判形で、その形容が絶滅してしまったかというと、そうではない。妙なことだが、京都や大阪の鮨屋で、むかしの東京の鮨に出合うことが、たまさかにあるのだ。

III

挿話

人間という生きものの基盤は、

「食べて、眠る」

ことが、先ず第一である。

この点、他の動物と、いささかも変わりがない。

ゆえに、人それぞれの食生活には、時代の変遷《へんせん》と各人の個性とが多彩に表現される。

いや、されざるを得ないことになる。

人それぞれの食卓の情景と思い出があるだろうが、私自身のことではなく、むかし、生きていた人の食事についての挿話の中で、もっとも好きなのは伊藤博文についてのものだ。

長州藩の、ごく軽い身分の家に生まれ、幕末の動乱に乗じて頭角をあらわし、後年、明治新政府の初代総理大臣となった伊藤博文の好色ぶりについては、いろいろなはなしが残されている。

この伊藤総理が、ある日、馬車に乗って、日本橋の八洲亭という西洋料理の前を通りかかり、

「おい、徳。ちょうど昼になった。飯を食べて行こう」

と、駅者《ぎょしゃ》にいい、馬車を降り、八洲亭へ入って行った。

駅者の徳さんも、当然のような顔をして主人の後から入り、伊藤博文と同じテーブルにつく。

これを、まわりの客たちが見て、

「女狂いの大臣が来たよ」

「助平の顔は、あんな顔なんだね」

などと、いいかわしはじめる。

それは大きな声ではなかったろうが、伊藤の耳へ入らぬわけがない。

しかし伊藤博文、悠然として駅者と共に食事をはじめる。

明治の時代において、これは、まことに異色の情景といわねばなるまい。いまを時めく大臣が、使用人の馬丁《ばてい》兼駅者といっしょに、同じテーブルで同じ料理を食べ、同じ酒を飲んでいるのだ。

「徳、もう少しやらんか」

と、伊藤が駅者のグラスにブドー酒をついでやったりする。

駆者の徳も、こうしたことに慣れているとみえて、すこしも気後《きおく》れした様子がない。

これだけでも客たちは、度胆《どぎも》をぬかれる。

こうして食事が終ると、伊藤博文は目算で勘定がわかったかして札を出し、

「徳や。ツリはいらんぞ」

にこやかに、しかも、やさしく駆者にいって、ゆっくりと先に出て行く。

この悠揚せまらぬ態度、使用人へのいつくしみにあふれた伊藤の声に、いつしか、まわりの客たちは、先刻の悪口雑言も忘れたかのように、ただ、うっとりと、伊藤博文を見送ったという。

いかにも、明治という時代の余裕が感じられる挿話ではないか。

その余裕が、金銭のことではないのはいうまでもない。

桂文楽のおもい出

戦前の東京の下町に生まれ育ったものは、いずれも早熟で、やたらに、大人のまねをしたがったものである。

私なども、十か十一になると、芝居・映画・寄席へは、それこそ、キャラメルを買うようなつもりで出かけたものだし、母も、これを咎《とが》めなかった。

つまりは母も、そうした少女時代を送ってきたからであろう。

少年のころ、私が住んでいたのは浅草の永住《ながずみ》町であった。

この町名は、いま〔元浅草〕という、吐気《はきけ》をもよおすような町名に木端《こっぱ》役人どもが変えてしまった。

浅草へ歩いて十五分。上野へ十分という便利な町で、そのころは寄席もずいぶんあった。

私は、いまも残っている上野広小路の〔鈴本〕へ、よく出かけた。

あれは、小学校五年生のころだったろう。

鈴本へ入って、高座の、すぐ下へ陣取り、大好きな故・桂文楽の出を待ちかまえる。

当時の文楽は、まだ四十そこそこであったろうが、私には、この人の落語をきくと、他の落語家が、みんな色褪《いろあ》せて見えたものだ。

その夜も、文楽が出て来ると、私は夢中で手を叩き、

「よかちょろ演《や》って」

と、注文をした。

すると文楽は、

(おや?)

というように、私を見下ろして、

「坊や。そんなことをいっちゃいけません。そんな、あなた、ませたことをいうと、お母《つか》さんに叱られますよ」

あきれたように、いった。

申すまでもなく、落語の〔よかちょろ〕は、商家の若旦那が吉原の花魁《おいらん》に夢中になるはなしである。

客が、どっと笑う。

「よかちょろ演って」

と、また、私が叫ぶ。

文楽は困惑顔に、客席へ向かって、

「どうも、この坊やにはかないません。いかがいたしましょう？」

客が、おもしろがって、

「演ってやれ、演ってやれ」

と、こたえる。

「それでは……」

と、文楽は、ちょっと形をあらためるようにして、私に、

「坊や。耳をふさいでおききなさいよ」

と、いったのである。

いまも、そのころの、血気さかんな桂文楽の顔や高座が、私の瞼《まぶた》に浮かんでくる。

文楽のはなしでは、〔心眼《しんがん》〕も好きだ。

〔心眼〕は、女房のすすめで、薬師さまへ願《がん》をかけ、その満願の日に目が開いた（実は夢の中で）按摩《あんま》の梅喜《ばいき》が、芸者にもてたりして、男の幸福をたっぷりと味わうが、夢さめて、もとのわびしい境遇にもどるという……桂文楽得意のものである。

私は子供のころから、毎夜のように夢を見る。

その夢のはなしをするものだから、曾祖母が、

「子供のうちに、こんなに夢を見るようでは、長生きができないよ」

と、いったものだ。

それもあって、私は、この〔心眼〕を好んだのだが、あの太平洋戦争が終って、海軍の基地から復員して間もなく、私は人形町の〔末広〕で、桂文楽の独演会があるとき、飛んで行った。

焼野原の東京で、空腹を抱えている客が、ぎっしりとつめかけた中で、文楽は精気にあふれ、たっぷりと〔明烏《あけがらす》〕と〔心眼〕と〔王子の幇間《たいこ》〕をやった。いずれも戦時中はゆるされなかったであろうものだけに、文楽も張り切っていたにちがいない。

助《スケ》は柳家三亀松に円鏡。三亀松もまた、水に帰った魚のように、おもうさま色気を出しての快演だったが、さて、文楽が最後に〔心眼〕をやって、夢さめた按摩の梅喜が、

「あ、……」

おもわず、ためいきを吐いたとき、突然、驟雨《しゅうう》が寄席の屋根を叩いてきた。

その雨音に文楽が……いや梅喜が凝《じっ》と聴き入ってから、

「めくらてえのは、妙なもんだ。眠ってるうちだけ、よく見える」

しんみりと演じ終えたとき、私は梅喜の胸の内のさびしさに、おぼえず泪ぐんでしまった。

以前に何度も聞いた〔心眼〕では、こんなおもいをしたことがない。

私も、いくらか大人になっていたのだろうか。

そしてまた、偶然の驟雨が、文楽の名人芸の、ちょうど、うまいところへやって来て、おもわぬ効果をあげたからでもあろう。

(文楽の高座を、生きて帰って来て聞けようとはおもわなかった。おれも生きている。文楽も生きていた……)

その感動をかみしめながら、私は焼け残った下町の一角にある小さな部屋へ帰って行ったのだった。

植草甚一さんを悼む

いつだったたか、植草甚一さんと食事をしながら語り合ったとき、

「ぼくは、家内に靴のヒモまで結ばせます。家内を梅公とよびます」

と、胸をそらしたので、

「梅公はひどい。せめて、梅ちゃんとおよびになったらいかがです」

こういうと、

「とんでもない。女房を、そんな甘いよび方をしたら大変です」

と、まじめな顔つきになった。

だが、

「でもねえ、ほんとは、あの人、とてもとても愛妻家なんですよ」

と、淀川長治さんが私に教えてくれたのである。

その奥さんを二度もニューヨークへともなわれて、共に数十日または数カ月をすごされた思い出は、奥さんの胸にも、また突然、幽界《ゆうかい》へ旅立たれた植草さんの胸にも、しっ

かりとやきついていることだろう。いまにしておもえば、ほんとうに、よかった。

映画評論家・エッセイストとしての植草さんの業績は、いまも発行中の四十一巻の全集〔スクラップ・ブック〕に集結されているが、その中の一巻に、各新聞へ連載した中間小説の研究もふくまれている。これは、植草さんの仕事の中でも、もっともユニークな文芸評論といってよい。

植草さん自身も、この仕事をはじめたことによって、

「食わずぎらい……」

の、時代小説を読むようになり、

「江戸時代に生きていた人間たちが、こんなに、すばらしかったとは知りませんでした」

率直にいわれ、好奇心いっぱいの眼を輝かせた。

この、みずみずしい好奇心が、若者たちや愛読者の心を揺すぶったのだ。植草さんの晩年に至って沸き立った非常な人気の中で、老体に残った熱気をつかい果たしたのだから、しあわせだったと私はおもう。

いまとなっては、私の作品集の全巻に解説を執筆していただいたことが貴重な記念となってしまった。

これからは一年ごとに、植草さんのきらいな世の中がやって来るにちがいない。世の

中が、あまりひどくならないうちに、私も植草さんのように、

（うまく死にたいものだ……）

と、いま、考えながら、机の引き出しを開けたところだ。

引き出しの中から、植草さんのニューヨークみやげの、大きな指輪を出し、私は、指へはめようとしている。

一番勝負

同業の作家たちと、あまり、つきあいが広くはない私だが、渡辺淳一さんとは親しいほうだろう。

小説に対する考え方も同じだろうと思う。

直木賞を受賞して以来、渡辺さんの活躍ぶりは周知のごとくだが、外見は暢気《のんき》に見えても、あれでなかなか自分の仕事や生活に対しては冷静なところがあり、将来への目的をきちんと決め、それに向かって、着実に歩みつづけているようだ。

彼の小説を読むと、なんといっても作家になる前の外科医としての生活が、その小説をささえる強い基盤になっているようにおもう。

私の場合は、太平洋戦争中に徴用《ちょうよう》され、航空機工場で旋盤《せんばん》工としてはたらいた一年余の体験が、自分の小説の技法にまで結びついているのだ。

外科医と小説、機械工と小説といっても、何か、ちぐはぐな感じがする人もいるだろうが、私の先輩の劇作家は、会社員として経理にたずさわっていたことが、そのドラマツルギーの根幹をなしていると私に語ったことがある。

何年も前のことだが、文春の講演会で渡辺さんといっしょになったことがあった。東北地方へ向かう車中、将棋の好きな彼は、すぐさま携帯用の将棋盤と駒を持ち出し、同行の編集者たちと飽きることなく何時間も将棋を指しはじめた。あまりに彼が指しつづけるので、相手の編集者たちも、いささか疲れぎみになってしまったとき、

「どうです、やりませんか」

と、渡辺さんが私にいった。

「してもいいけど、一回きりだよ」

「いいですよ」

そのときの私は約十五年ほど、将棋盤に向かったことがなかったが、駒をならべ、いよいよ戦闘開始となったとき、私はわざと角を飛車がうごくようにうごかした。

とたんに彼は、あざけりの色を浮かべ、

「それは飛車じゃない。角ですよ」

「あ、そうそう」

彼は、こんなやつ、ひとひねりだとおもったかして、気をゆるめ、一気に攻め込んで

きた。

勝負は、いうまでもなく、彼の油断をさそった私の勝ちである。

「仕掛人にやられた……」

と、彼はくやしがった。

しかし一番だけの約束ゆえ、ついに彼の敵討ちは成らなかった。

こんなことを書いたのは、渡辺さんが書けといったからだ。悪しからず。

それはさておき……。

このときの講演会の何日目かに遠野へ行った。

その翌日。

遠野の主催者たちは、いくつもの重箱に手づくりの料理をつめ、酒とビールも車に積み込み、小高い丘の上へのぼり、昼食をもてなしてくれた。

これが、とてもたのしかったわけだが、渡辺さんは、

「うまい、うまい」

つぎからつぎへと重箱を抱え込んで食べつづけ、私どもが満腹して立ちあがったあとも、すべての重箱を空にしてしまった。

そのとき、ひたむきに食べつづけている彼を、同行のおおば比呂司さんが茫然《ぼうぜん》とながめている写真が、いまも私のところにある。

大食漢のほまれが高い、おおばさんをあきれさせたのだから、相当のものだ。
私は、彼の恐るべきエネルギーの秘密を垣間《かいま》見たような気がした。
好漢の躍進を祈って、この稿を終る。

狂気の夏

夏のさかりの或日。

フランス映画社の川喜多和子さんが追加試写の日を電話で知らせてくれたとき、電話に出たのは八十二歳になる老母だった。

和子さんは御自分の名前を告げただけにすぎなかったのだが、老母は帰宅した私に、

「東和商事の川喜多さんから電話があったよ」

と、報告をした。

元気はよいのだが、近ごろ、まったく記憶力がおとろえた老母の脳裡へ、何故に川喜多の姓と東和商事がむすびついたのだろう。

和子さんは、東和商事の創立者で先ごろ亡くなられた川喜多長政・かしこ御夫妻の令嬢であるが、それは老母の知るところではなかった。

私が、ふしぎがると、老母は、

「むかし、東和商事の川喜多さんは、うちへ玉突きによく見えたよ。若くて、いい男

だったねえ」

と、いった。

私の幼少時代、父と母は下谷の根岸で、撞球場（ビリヤード）を経営していたのだった。

してみると、川喜多長政氏が玉突きをする、そのゲーム取りを母がやったこともあるわけだ。

試写の日、和子さんに尋ねると、

「父は若いころ、たしか、根岸に住んでいたことがあります」

とのことだった。

老母の記憶のおとろえを笑うわけにはまいらぬ。

私は先日、家内の名をよぼうとして、

「おい、あの……」

と、いったきり、家内の名を、わずかの間だが忘れてしまった。

外出先で、我が家へ電話をしようとして、傍にいた編集者に、

「ぼくの家の電話番号は、何番だっけ？」

と尋ね、笑われたのは、つい数日前のことだ。

さて、その日のフランス映画社の試写はルイス・ブニュエルのメキシコ映画〔皆殺しの天使〕だった。

夏の夜、上流階級の夜会が終ったのちに、招待した人びとも、招待された人びとも、豪邸のサロンから外へ出られなくなってしまう。何故、出られないのか、さっぱりわからないのだが、そこにシュール・レアリストのブニュエル監督の感覚的な寓意《ぐうい》が、観る人それぞれの目に映じてくる。

とどまることを知らぬ近代文明は、大自然の恩恵をむさぼりつくしつつある。

そのくせ、いざとなったら、人間は一滴の水すら生み出すことができない生き物なのである。

最後に、軍隊の暴力が、すべての人びとを殺戮《さつりく》する一ショットが痛烈だった。

私は、ある週刊誌の寸評に、

「夏なお寒きブニュエルの幻想」

と書いた。

その翌日に観た〔イレイザーヘッド〕という映画の凄まじさには、さらに打ちのめされてしまった。

最近に大ヒットした〔エレファント・マン〕の監督として、一躍、名声を得たデヴィッド・リンチが、何年も前に手造りで仕あげた素朴な黒白（モノクロ）作品だが、人間という生きものの性と業《ごう》の恐ろしさを、宇宙的な視野でとらえた、これもシュールな映画だ。

まるで爬虫類《はちゅう》のような奇形未熟児を、たっぷりと見せつけられた恐ろしさは、近ごろ流行の恐怖映画のそれとはまったくちがう深淵の底に横たわっているものだ。外へ出て、どこかで夕飯にしようとおもったが、食べる気になれぬ。なじみの酒場で、ウイスキーのストレートを四、五杯もやった。やらずにはいられなかった。

今年の夏は、近年になく順調な天候に明け暮れて、五年にわたる鍼治療で、体重が六キロも減じた私にとっては、肉体的に十年ぶりの、こころよい夏となった。仕事もうまくすすみ、暇もできて、毎日のように映画を観たり、アメリカン・ダンスマシーンの公演などをたのしみながら、ビールでものんでいれば、私の夏は満足なのだが、ブニュエルとリンチ両監督の映画には強烈なショックを受けた。ノストラダムスの大予言を待つまでもなく、このままで行くと、人類は必ず、大自然の報復を受けることになるだろう。

いまこそが、正念場《しょうねんば》である。

世界の、真に有能な人びとは、そのことに気づきはじめた。

どうも、暗い夏になってしまったようだが、しかし、イングリッド・バーグマン最後の映画出演となった〔秋のソナタ〕や、クロード・ルルーシュ監督の〔愛と哀しみのボレロ〕や、ポール・ニューマンが中年の警官を演じる〔アパッチ砦・ブロンクス〕などの映画は、私に素敵な酔心地をあたえてくれたのだった。

日中は暑くとも、夜風が、そこはかとなく冷気をふくみはじめたころ、某誌の編集長が、向田邦子さんと私の対談を企画した。

向田さんとは、或るパーティで、共通の友人に一度だけ紹介されただけであったが、向田さんは私の時代小説を愛読してくれていて、私もまた、向田さんの愛読者だった。

十月二日の対談の日が、たがいに、たのしみだったのである。

八月も終りに近くなった或日。私は、外神田にある料理屋・花ぶさの調理主任をつとめている今村英雄と共に、秋葉原の電機器具店にいた。

買物の途中で、用事を思い出し、自宅へ電話をかけた。

家内が出て、向田邦子さんが乗っていた航空機が墜落したことを告げた。

「えっ……」

と、いったきり、私は言葉を失った。

おそらく、顔色が変わったのだろう。

傍にいた今村が、

「どうしたんです？」

真剣な眼の色になって尋《き》いた。

私にとっては、大きなショックだった。それは、ひとえに向田さんが、これからの作家としての将来に、大きな大きな可能性をもった人だったからである。

この人が、去年に直木賞を受けて以来、発表する小説のほとんどが、大人の小説だった。

世の中の、いろいろな目にあってきた人びとが「うむ……」と、納得がゆく小説を書ける人だったからである。

今村をさそって、行きつけの、須田町の蕎麦屋〔まつや〕で冷酒をのみ、蕎麦を食べたが、味がしなかった。

この夜、台風が東京を襲った。

私は久しぶりに睡眠薬をのんでベッドへ入った。

翌日の日曜日は、快晴となった。

日曜日は、私の鍼治療の日だ。

杉並の鍼医・矢口さんの治療所で治療を受けているときも、向田さんのことのみを想いつづけていた。

六千メートルの上空で、航空機が二つに割れてしまったという。

「向田さん、残念でしたねえ」

と、矢口さんが私にいった。

今年は、九星学《きゅうせいがく》でいうと〔狂気〕の年だ。春から夏にかけて、まさしく狂気の殺人が頻発した。

狂気の夏の足音が去った、この夜も、私は睡眠薬をのんだ。

作家の幻想

私の仕事が終るのは、いつも明け方に近い。疲れきって、たちまちに深い眠りに落ち込むときはよいのだが、仕事の後の興奮が残ってい、眠るとも眠らぬともなく、昼近い目覚めを迎えるときもある。半ば夢現《ゆめうつつ》の中で、空想が、とんでもないかたちとなってあらわれるのは、こうしたときなのだ。

空想というよりは、むしろ妄想といってよいほどに、われながら呆れるようなことを考えたり、おこなったりしている。

仕事に詰まったときなどは、尚更にひどい。

たとえば、アメリカ西部の荒野に、私がひとりで塹壕《ざんごう》を掘ったりしている。つぎに、その中で何十挺もの銃に弾丸をこめる。

やがてあらわれる何千人もの騎乗の敵を、私ひとりで、塹壕の中からつぎからつぎへ銃を取り換えながら撃《う》ちまくる……といったような、まことにたわいないものから、見知っている人びとや私自身が、おもいもかけぬ姿であらわれたりする。このときは、（おれの意識の底には、こんなものが眠っているのか……）と、空恐ろしくなってくる。

アラン・レネ監督が一九七七年度につくって、セザール賞の七部門に受賞した〔プロビデンス〕は、私にとって実におもしろい映画だった。

老作家のクライブ・ランガムの幻想を潜在意識の流れとして表現していたからで、同業の私だけに身につまされた。ランガムは最後の創作に取りかかっており、構想に苦しんでいる。同時に不治の病魔とも闘わねばならぬ。

老作家の幻想が、同業とはいえ、まだ健康な私の幻想よりも深刻な映像として浮かびあがってくるのは、ぜひもないことだ。

幻想の中で、ランガムの息子夫妻や庶子の若者や亡妻が、彼の潜在意識として、眠りからさめたランガム自身が瞠目するようなドラマを展開してゆく。

それは、ドラマの上でのシュールな描出となるわけだが、この映画でのレネの演出技術がしっかりと落ちついていて、デビッド・マーサーの脚本をよく消化している。

人間の意識を追求するレネの映画は、今度の〔プロビデンス〕で一つの完成を見せたといってよい。

ことに私にとっては、同業の老人を中心にしたものだけに、深い共感をおぼえた。

深い木立に包まれたシャトーで、二人の召使につきそわれ、孤独な執筆と闘病の生活をつづけている老作家を描く演出の風格は、レネの前作〔薔薇のスタビスキー〕を想起させずにはおかない。

老作家を演じるジョン・ギールグッドは、このところ、スクリーンにあらわれても軽い役ばかりだったが、今度は、さぞ会心《かいしん》の演技だったろう。

最後に、シャトーの庭園で、老作家の七十八歳の誕生日を祝うために息子夫妻と庶子のケビンがあらわれる。

もはや幻想のシーンではない。現実の情景が展開しはじめる。

息子を演じるのはダーク・ボガードだが、これまた、すばらしい。

このときまで、父の幻想の中にあらわれる息子を演じてきた彼が、初夏の陽光みなぎる庭園へ、現実の息子となってあらわれると、幻想の中の息子の言動が理屈ではなく感覚として、いちいち腑《ふ》に落ちてくる。それはボガードの演技が実に的確だからだ。あらためて私は、ダーク・ボガードを見直すおもいだった。

ボガードの妻をエレン・バースティン、老作家の亡妻をイレーン・ストリッチが至難の役を見事に演じている。

デビッド・マーサーの脚本が光彩を放ったのも、この現実の場面がすぐれているからで、ここで失敗すれば、すべてが虚《むな》しくなってしまう。なればこそ、脚本も演出も演技も最後まで緊迫せざるを得ない。

それにしても、音楽を老ミクロス・ロージャに担当させたのは、

（なるほど……）

と、おもわず唸ってしまった。

これは製作のフィリップ・デュサールの考えなのか、それともアラン・レネの提案なのか、いずれにしても、まさに適材適所、うまい人をもってきたものだ。この音楽も、賞を得ている。

演出家と役者

黒澤明監督の最後の大作といわれる〔影武者〕の主役にえらばれた勝新太郎が、まだ撮影開始にもならぬリハーサル中に黒澤監督と衝突し、その日のうちに現場をはなれた事件は大いにジャーナリズムを賑わした。

私が芝居の仕事をしていたころ、こうした事件は、それこそ、

「日常茶飯《にちじょうさはん》のもの……」

と、いってよかった。

こうした場合、何といっても、その場、その日のうちに双方をおさめ、仲直りをさせてしまわぬといけない。第三者は「いい年をして子供みたいなケンカをしている」などと、さめたことをいうが、当事者でなくては、演出家と役者のトラブルの真意は到底わからぬのだ。

むかし、ある大劇場の初日を明日にひかえた舞台稽古の当日、客席にいて演出をしていた巨匠が、あまりにきびしい注文を出すものだから、たまりかねた劇団の大幹部の役

者が、

「いったい、役者を何だとおもっているんだ。役者の身にもなってみろ!」

叫んで、血相を変え、舞台から客席へ突進して来た。

巨匠も負けてはいない。

「何を!」

というので、これも立ちあがり、通路をこちらへせまって来る役者へ突き進んだ。

一同、息をのんだことはいうまでもない。

にらみ合って通路を突き進む二人……。

(あわや……)

という瞬間に、二人はすっと擦《す》れちがい、役者は通路を客席へ、巨匠は通路を舞台へあがった。

一同、ほっと安堵《あんど》のためいきを吐いた。

二人とも、ぶつかり合う寸前に、

(明日は初日だ……)

の一事が脳裡へ浮かんだのであろうか。

私の好きなはなしである。

新橋演舞場

先日、アメリカ映画の〔泣かないで〕を試写で観た。

この映画へ登場する人物の中に、若い劇作家がいる。

そして、劇作家の処女作が、はじめてブロードウェイの舞台へかかることになり、その処女上演の看板が劇場へかかげられるのを、劇作家が、うっとりと見あげているシーンがあった。

その姿に、私は、三十年前の私自身を見るおもいがした。

いまは小説を書いている私だが、戦後は劇作家を目ざして出発したのである。

私の戯曲が処女上演されたのは、新橋演舞場で、劇団は新国劇だった。

そのときの、自分の作を読み直して見るとき、

(よくまあ、こんなものを上演してくれたものだ)

と、顔が赤らむおもいで、その題名さえ、いまここに書く気分になれない。

それはさておき……。

それから約十年にわたり、私は新国劇の脚本を書きつづけ、演出もした。

当時の新国劇は辰巳・島田を中心に、戦後の絶頂期を迎えたところで、川口松太郎・北条秀司・宇野信夫・中野実・菊田一夫などの大先輩に交《ま》じり、若い私が仕事をつづけて行くことは、まるで、

（息がつまるような……）

おもいがしたものだ。

結局は、よい脚本が書けなければ、蹴落とされてしまう。

そのとき苦労した経験が、どれだけ、いまの自分の肥料になっているか……はかり知れないものがある。

私の処女上演は昭和二十六年の夏で、私は二十八歳だった。

まだ、冷房の設備もない演舞場へ、連日、見物が押しかけて来てくれたものだ。むろんのことに、テレビもなく、人びとは衣食住にも苦しんでいた。

新国劇と新橋演舞場が、

「切っても切れぬ……」

関係をもっているのと同様に、新国劇の脚本ばかり書いていた私も、自分の青春が、この劇場と共にあったことを感じている。

旧演舞場は、客席と舞台とが非常によく調和しており、作者にとっても、役者にとっ

ても、これほどにやりよい劇場は、

「滅多《めった》にない」

と、いってよかった。

観客側からは、

「実に観やすい」

そして、芝居をつくる側からいえば、万事に、

「効果をあげやすい」

劇場だったのである。

旧劇場の舞台、楽屋、監事室、頭取部屋、客席などをふくめた全体に、私どもの思い出が、数えきれぬほど染《し》み込んでいる。

これは、歌舞伎や新派の人びとにとっても同じだろう。旧新橋演舞場における、私の脚本の最後の舞台は、これも新国劇の〔雨の首ふり坂〕だった。

昭和四十八年に久しぶりで、芝居の世界の、むかしの仲間たちの許《もと》へもどったのだった。

それから何年か後に、さすがの演舞場も老朽してきたので、いよいよ改築するということを聞き、私はカメラを手に演舞場へおもむいて、思い出が残る其処此処《そこここ》をフィルムにおさめた。

この日、頭取部屋へ行くと、折しも新国劇が出演しており、辰巳柳太郎氏が国定忠治の扮装で出を待っていて、

「今日は何だい？」

と、いう。

「この劇場の姿を、フィルムに残しておきたいとおもって……」

「いや、実《こや》は、おれもそうなんだよ。この間、人にたのんで、撮ってもらったんだ」

「やはり、ね……」

この春、生まれ変わった新橋演舞場も、これから先、何十年にもわたって、芝居の人びとの思い出をきざみつけてゆくことだろう。

伏線について

〔伏線《ふくせん》〕という語句を、こころみに机上の小辞典を繰って見ると、

「小説・戯曲などの構成上で、後に述べる事柄の準備として、前の方にほのめかしておくもの。後の事の準備として、あらかじめ設けておくもの」と、ある。

近年、フランス映画社が、むかしのロイドやキートンの喜劇を観せてくれるようになって、これだけは見逃さぬようにしている。子供のころに見たロイドやキートンの映画は、彼らの超アクロバチックな演技と、いわゆる〔ドタバタ喜劇〕の妙味を単純におもしろがっていただけだが、五十をこえたいま、あらためて観直して、彼らの喜劇の骨組が、いかにすばらしいかをおもい知った。息をつく間もなく展開される追いかけっこ。連発されるギャグの見事さ。破天荒《はてんこう》なストーリイ。冒険、活劇。爆笑につぐ爆笑。苦笑と歓笑《かんしょう》。その渦巻きの中に、われ知らず観客が巻き込まれ、溺れ込んでしまうのは、彼らの映画のドラマツルギーが嘘をついていないからなのだ。イプセンやシェークスピア

の芝居に匹敵する高度な技巧がほどこされているからだ。

つまり、観る前には想像さえつかぬ、奇想天外《きそうてんがい》の喜活劇《スラップスティック》のすべてが、現実的な伏線の結果として表現されているからだ。

その伏線の張り方には、いささかもむりがない。不自然さがない。リアルそのものであって、観客に、

(ばかばかしい……)

と、おもう隙をあたえない。

なればこそ、心の底から笑いがこみあげてくるわけだ。

私は、小説を書くようになった以前は、長年にわたり、新国劇の脚本と演出をやってきたので、伏線という言葉には人一倍、こころをひかれる。

ところで、これは何度も書いたことだが、私の小説や戯曲の母胎《ぼたい》になっているのは、太平洋戦争中に国から徴用を受け、芝浦のK製作所で約一年半、航空機の精密部品をつくる旋盤工員になったときの体験だといってよい。

そのとき、人一倍、不器用な私が、いかに苦しみをなめたかはさておき、先ず、製作品の図面をわたされ、それによって部品をつくるわけだが、その図面の見方、読み方を一つでも間ちがえると、品物は完成しない。図面をよくよく見て、

(先ず、ここから手をつけ、つぎに穴を開け、そのつぎにネジを切る……)

というふうに、段取りを一点の狂いなく決めておかなくてはならぬ。

とりわけてルーズな私ゆえ、はじめのうちは途方に暮れてしまい、ついで、失敗につぐ失敗を重ねたあげく、どうやら一人前の仕事ができるようになった。この一年半によって、私は物をつくりあげるための段取りというものを躰でおぼえこんだ。

段取りとは、すなわち、現在の私の仕事における伏線ということになる。

ところが……。

いざ、物書きになってみると、小説でも芝居の脚本でも、後のことを考えることなく、いきなり、ぶっつけに書きはじめるようになってしまった。

たとえば、連載中の〔鬼平犯科帳〕を例にとれば、主人公の長谷川平蔵が病気療養中の友人を騎乗で見舞いに出かけるシーンをおもいつくと、すぐに書きはじめる。このとき、後にどのような事件が起こるかは全く私の念頭《ねんとう》にない。あとは、自分のイマジネーションにたよるのみだ。

そして、書きつぐ日々に、むしろ、書いた場面から伏線を拾いあげ、これを発展させて行くことになる。

この場合、平蔵が馬に乗って出かけるのと、徒歩で出かけるのとは、後になって事件の様相もちがってくるし、テーマも変わってくる。

先のことを考えず、無意識のうちに伏線を張りつづけるわけだから、危険に包囲された人物を生かしたいとおもっても、死なせてしまうことになる。

そこで、むりにも生かすように書けば、不自然になり、小説のリアリティが失われ、読者は興ざめになってしまう。

このように、自分の仕事では、後のことを考えて伏線を置くことをせず、その日その日の綱渡りで書きすすめて行くことは、作者にとって、まことに不安きわまる。

だが、もう、旋盤をやっていたときのようにはまいるまい。

書きはじめる前にノートをとり、メモをつくり、人物を配置しておいたら、時間はかかるだろうが、どんなに安心だろうとおもう。

どうして、私は、こうなったのかと考えてみると、やはり、あの大きな戦争を体験したからではあるまいか。

(行先が、どうなるか、さっぱりわからない)

このことである。

私どもの年代の男女は、太平洋戦争によって、それぞれの心身に抜きさしならぬ刻印《こくいん》をおされてしまった。

そのかたちも、また、それぞれにちがう。

私の場合は、

(これから先、こういうことをやって、それがこうなって、何年か先にはこうなるから、いまは、こうしよう)という生き方が、できなくなってしまったらしい。

行先、何が起こるか知れたものではない。人間の営々たるいとなみや、生活設計などは、何か大きな異変が起これば、いっぺんに吹き飛ばされてしまうという想いが絶えずある。

自分の家や土地に関心が薄く、物を蒐集《しゅうしゅう》する気にもなれぬのも、その所為かも知れない。

だからといって、家族を抱えて生きているのだから自暴自棄になるわけにもゆかず、食べて行くためには、はたらかねばならぬ。

戦後三十五年かかって、尚、現在の私が生きているのは、ただ、この一事によってである。

脚本を書き、小説を書きつづけて生きて行くためには、よい仕事をせねばならぬ。それでないと仕事も来なくなるし、読者からも見捨てられることになるから、自分の芸をみがきつづけなくてはならぬ。

したがって、私なりの努力はしてきたつもりだ。

だから、戦後の私は、そのときどきの自分の生活の中から伏線を見つけ出し、どうにか一年先、二年先へ結びつけながら、今日に至ったのである。

ゆえに、ライフ・ワークにこういうものを書こうとか、将来は、こうしたテーマに手をつけたいと、いまから想いおよぶことは少しもない。

いま、週刊朝日に連載している〔真田太平記〕は五年目に入り、あと二、三年はかかることになってしまったが、これとて、はじめは、

「少し長いものを……」

という注文を受けて、書きはじめたにすぎず、いつの間にか、自然に長くなってしまったのだ。

こうした私の生き方が、小説の書き方にも影響してしまったのであろう。そう考えるより仕方もないことだ。

ただ、ふしぎなのは、この先のこともわからず書きすすめ、登場する人物がうごき出し、いのちをあたえられてくると、伏線ともおもわずに書いておいた小さな事柄が、作者にも意外な伏線となってくる。

これまた、私の生き方と同じなのだ。

それはそうと、この三、四年に政治・経済から、たとえば一劇団のような団体に至るまで、間ちがった伏線を張っていたものが、一つ一つ地表にあらわれ、壊滅《かいめつ》する傾向が目立ってきた。

(長い目で見ていると、人間のやることには付《つ》けがまわってくるものだな)

と、おもわざるを得ない。

よきにつけ、悪しきにつけ、

「かならず、伏線は生きてくる……」

ようにおもわれる。

私たちも、これからは、高度成長という伏線による付けを、何らかのかたちではらって行かねばならないだろう。

恩恵の書巻

鎌倉幕府の歴史を綴った〔吾妻鏡〕の中に、江戸の桜田郷に本拠を構える秩父重継《ちちぶしげつぐ》の長男が、

「江戸太郎重長《えどたろうしげなが》」

と名乗り、武蔵国の武士群の〔長〕として平氏《へいし》に味方し、伊豆の国で挙兵《きょへい》をした源頼朝を衣笠城に攻めたと記されている。

現代より約八百年もむかしのことである。

江戸の桜田郷といえば、いまの皇居の周辺なのだが、当時は桜田郷のすぐ近くまで海が入り込み、あたりは一面の潮入りの葦原であったろう。

そこから西の台地へあがったあたりに、江戸重長の館《やかた》が構えられていたものか。

やがて、戦国の時代が来て、大小の戦乱が諸国へひろがるようになると、江戸の地も、道路や河川が少しは発展するようになったが、天正十八年（西暦一五九〇年）の初秋に、徳川家康が江戸へ入府したとき、萱《かや》ぶきの民家が百軒ほどはあったそうな。

いかにも、物さびしい江戸であった。

以後、家康の努力によって町がひらけ、徳川幕府の本拠として、江戸は二百八十年にわたって繁栄をつづけることになる。

その江戸の繁栄が頂点に達した寛政から文化・文政、さらに天保におよんで、斎藤幸雄・幸孝・幸成の三代をかけての編纂《へんさん》により〔江戸名所図会《ずえ》〕という名著七巻二十冊が完成したのである。

むかしの人は、実に根気がよい。

父・子・孫と三代をかけて事を成しとげられた時代の精気と充実を、私は〔江戸名所図会〕を見るたびに、つくづくとおもう。

江戸は東京となり、天災と戦災と、その後に来た繁栄とによって、まったく姿を変えた。

現代の東京都は、

「もろもろの車輛のための都市」

であって、根気も精気もありはしない。

あるものは破壊と、明日をも知れぬ不安のみの〔大都市〕と化してしまった。

けれども、木々を切り倒され、川という川を埋めたてられ、巨大なビルディングに蹂《じゅう》

とよい。

雪旦父子の、この、すばらしい絵を一つ一つ見て、東京の町々を歩んでごらんになると、〔江戸〕の姿が、彷彿《ほうふつ》としてよみがえってくる景観を見出すからだ。〔江戸名所図会〕に、おびただしく挿入されている長谷川雪旦・雪堤父子の絵筆に描かれた東京を歩いていて、おもわず、はっと目をみはることがある。躙《りん》

たとえば、雪の日の湯島天満宮や芝の愛宕権現《あたごごんげん》。上野の山の周辺や本郷の根津権現など、想像力をたくましくすれば、何とか往時の姿を想い浮かべることができよう。

私が若かったころの、まだ、戦災を受けなかった東京には、むろん、現代にくらべて、さらに色濃く江戸の匂いも残っていた。

景観のみならず、東京に住み暮らす人びとの心に、江戸の名残りがあった。

長谷川雪旦父子の絵は、単に、爛熟《らんじゅく》の江戸の風景を描いているのみではない。そこには数百、数千におよぶ、さまざまな、当時の人びとの姿が、ゆたかな表情をともなって、風景の中に描きつくされている。

武士、農民、町人、職人、僧侶、そしてもろもろの老若男女から獣類にいたるまでが、丹念に、瀟洒《しょうしゃ》に描かれている。これまた、その絵筆の根気に瞠目せざるを得ない。

江戸の人びとの生活が、手にとるようにわかる。その絵の一つ一つを見ていると、連想は連想を生み、ときには、私のように時代小説を書いているものには、名所図会中の

一枚の絵から、一篇の小説の発想を得ることもある。

見るといえば、この〔江戸名所図会〕ほど頻繁《ひんぱん》に見る書物は他にない。

見るたびに新しい発見をするし、毎日の仕事のためにも、一日に一度は、ひらいて見る。

そして、そのたびに、

(ああ、ありがたい……)

つくづくと、〔江戸名所図会〕の、三代にわたる編纂者と、絵師の長谷川父子から受けている恩恵をおもわずにはいられない。

先日も、久しぶりで、麹町の平河天神社の前を通ったが、こうしたときには帰宅するや、すぐに名所図会の平河天神の項をひらいて見る。

同じところを何度、繰り返して見ても飽きない。

編纂者の文章を読み、絵を凝《じっ》と見ていると、これまでに気づかなかったものを発見する。つまり、それほどに、この書巻の密度の濃さは量りしれない。

生き残った二冊の本

私は、旧制の小学校を卒業し、十三歳で働きに出たが、これから勉強というものをしないですむとおもうと、それだけでもうれしかった。しかし、小説を読むことだけは子供のころから大好きで、いまにしておもうと、十三歳からの約十年間に読みあさった内外の小説が、いまの私にとってどれほど大きな肥料になっているかを、おもい知らされる。

トルストイの〔戦争と平和〕や、ドストエフスキーの諸作などは、若いときでないと全巻を読み通す根気がない。

戦争が始まると、新刊書も激減してしまい、出版されるものは、きびしい検閲《けんえつ》にパスした味気ないものばかりとなった。

やがて私も太平洋戦争に出征することになったが、海軍だったので、岐阜で召集令状を受け取ったときには、入団までに約半月の間があった。

そこで、飛騨の高山から京都と遊びまわって帰京し、最後の二日を伊豆の修善寺へ泊

まることにしたが、その折、自宅からも近い上野の車坂の本屋で、

(何か、列車の中で読む本はないか……)

と、探してみたが、本棚に並ぶ数少ない本の、どれを見ても読む気にはなれない。

そのとき、小川未明の童話集を一冊見つけて買い、修善寺でも読んだし、修善寺から横須賀海兵団へ向かう車中でも読みふけった。横須賀駅へ下りると従兄が待ちかまえていたので、

「これを浅草の家へ届けておいてくれ」

というと、従兄が、

「お前。よくまあ、本が読めたものだな」

と、いったものだ。

小川未明童話集は、浅草の家と共に灰になったが、その前に横浜航空隊にいた私は、夜の外出に浅草の家へ来て、マルセル・パニョルの戯曲〔マリュウス〕と〔ファニー〕の二冊を隊へ持ち帰った。

マルセイユを舞台にした、このパニョルの名作は永戸俊雄《えいととしお》という名訳者を得て、読み返すたびに私を感激させたものだ。

まだ若かった杉村春子のファニーと、亡き森雅之のマリュウス。中村伸郎のパニス。

三津田健のセザールで文学座が築地の劇場で上演した脚本も、たしか永戸氏の訳だっ

たとおもう。

こうして昭和十三年、白水社発行、定価一円二十銭、藤田嗣治装幀の二巻は、私と共に終戦を迎え、無事に帰還したのだった。

戦前からいままで、生き残って来た本といえば、この二冊だけなのである。

忘れられない本

そのころの私は、太平洋戦争へ出征する前のことで、それまで長くつとめていた仕事から徴用令を受け、芝浦のK製作所で、軍用機の精密部品をつくっていた。

それまでの私の生活というのは、あまり、ほめられたものではなかった。

分不相応の金が入ってきて、しかも暇がたっぷりあるというのだから、若い心身が軟弱になるのは当然のことで、同じ仕事をしていた連中が軍隊へ入ると、たちまちに病気になってしまう。戦死ではなく、戦病死が多かった。

はじめて工場へ出勤した朝、工場長が私の履歴書を見て、

「兜町にいた人が、工場で油だらけになってやれるものじゃあない。事務のほうをやりたまえ」

と、いう。

私は、むっとして、

「ぜひとも、機械のほうへまわしていただきたい」

と、意地を張り、四尺旋盤といわれる小さな機械で部品をつくることになった。朝は五時起きで、それこそ油だらけの明け暮れだし、三日に一度は徹夜作業という、これまでとは、がらりと変わった生活が始まったわけだが、私のような男が、

「よく、つづくねえ。おどろいたよ」

母がつくづくいったほどで、ほとんど欠勤もしなかった。

ともかくも私は、このときはじめて、自分の躰で、自分の手で物を造る仕事についたことになる。

そして私は、自分の手先の、あまりの不器用さに呆れ果ててしまった。

このとき、だらしのない私を辛抱づよく指導し、一人前の機械工にしてくれたのは、M氏という伍長（工場監督のようなもの）だった。M氏と私のことは二十年ほど前に〔キリンと蟇〕という小説に書いたことがある。

ともかくも、そうした生活の中で出会ったのが、アランの〔精神と情熱に関する八十一章〕だった。小林秀雄氏の訳で、たしか東京創元社の版だったとおもう。

少年のころから本を読むことが好きで、もう、手当たりしだいの乱読ながら、忘れられぬ本はいくつもあって選びきれない。しかし、このアランの一冊は、そのときの機械工としての私の生活に、ぴたりとむすびついていたのだ。

内容のすべてが、当時の私にわかったのではないが、たとえば「物は、いろいろ推量

してみたり、ためしてみたりして初めて知覚される。あそこにいる男を僕は最初、郵便屋だと思った。あの車は実は肉屋の車だった。あの風に揺らぐ木の葉は、実は小鳥だったというぐあいに。僕らの知覚は、めいめいで素早い調査を行い、間違った不安定な足場を築く。そこへ元来がうかうかとした言葉というものが一種の断案を下す」などという文章が、実に新鮮なおどろきと共に、私の眼の中へ飛び込んでくる。

　そして、アランの言葉は、そのまま、旋盤を相手に悪戦苦闘している私の心身にむすびついてくるのだ。

　人間の心と躰のつながりを、これほど、たのしく興味ぶかく、わかりやすく書いた本を、私は知らない。それからは夢中で、アランの訳書を探しては読んだ。わからぬ個所は飛ばして、わかるところだけを読むだけでよかった。

　アランは、フランスの高校《リセ》の教師として生涯を終えた人だけに、自分が手塩にかけた何千人もの若者の性格と人生を見つづけてきている。それだけに、この老碩学《せきがく》の言葉には、千金の重味と実践が秘められているのだ。

　強いていうなら、むりやりに徴用されて機械工になった一年半ほどの生活が、現在の私の小説の母胎となっている。そのことを書いていては長くなってしまうが、いまでも私は、自分の小説を頭で書くというよりも、躰全体で書いているという知覚がある。

　旋盤は、コンピューターや自動機械ではない。あくまでも人間の心身が操作するだけに、恐ろしいほどに自分そのものが機械に反映してくる。

M氏が「機械に飯を食べさせろ」というのは、油をくれてやることなのだ。このM氏の言動も、また、アランの文章に密着しているのが、ふしぎだった。

IV

サン・マロの短銃

昨年の秋、フランスの田舎を廻って来たが、その旅も終りに近い一月を、ブルターニュのサン・マロで遊んだ。

英仏海峡に面したサン・マロは、中世からの城郭都市である。

日本の長崎の出島のように(スケールは問題にならないが)海へ突き出た町が、石の巨大な城壁に囲まれている。

サン・マロは、第二次大戦で壊滅的な爆撃を受けたそうだが、

「ほとんど、むかしのままに再建したのです」

と、レストラン〔ル・コルヌアーユ〕の給仕・ポール君が胸を張って私にいった。

なるほど、それだけに、外観は中世そのものだが、家々の壁は古びてもいず、清潔な町だった。

レストランの有線放送が〔南京豆売り〕だの〔タブー〕だの、むかしなつかしい曲をながしている。

夏の観光客が引きあげた後のサン・マロは、まことにのんびりとしたものだった。よく冷えた白ブドー酒で私たちは生牡蠣《がき》をたらふく食べながら語り合った。

「おどろきましたね。よく晴れていても、こんなに冷たい風が吹きまくっている海で、女が泳いでいましたよ」

と、S君がいった。

「そうなんです。一昨日の朝も、ラ・ボールの海で若い女が泳いでいました」

カメラマンのY君もいった。

「こっちの女は、凄《すご》いねえ」

と、私。

二人は声をそろえて「凄いです」と、いった。

レストランを出ると、曲がりくねった、いかにも古い城下町の道には暖かい日差しがみちわたっている。

海から吹きつけてくる冷たい烈風を、高い城壁が防いでいるのだろう。

私は、みやげ物屋で絵葉書を買ったとき、気まぐれに、おもちゃの短銃を買った。

二千円ほどだった。

いわば、拳銃の原型ともいうべき、古めかしいデザインで、十六、七世紀の海賊が腰に差し込んでいるようなものだ。

旅へ出ると、私は、こうした気まぐれな買物をする気分になってしまう。

毛糸の帽子を買ってかぶったら、

「あまりにも年寄りくさい」

Sにいわれて、

「それなら君の子供にあげよう」

と、ゆずってしまった。

この日は、ノルマンディの田舎のホテルへ泊まり、間もなく私たちはパリへもどった。

三日後に、パリを出発し、帰国の途についたのだが、空港の検査で、買物袋の上へ無造作に入れておいた玩具の短銃を見るや、フランスの検査官が、

「……？」

目の色を変えた。

「これは何です？」

「おもちゃのピストル」

「どこで買いました？」

「サン・マロ」

「ふうん……」

ためつすがめつ、検査官は短銃をひねくりまわしたが、おもちゃであることは一目《いちもく》瞭然《りょうぜん》である。

「何だ、何だ?」

とばかり、他の検査官やポリスがあつまって来た。

それはいいのだが、出発間際《まぎわ》のことなので、日航の職員が駆けつけて来るし、気が気ではない。

検査官たちは、おもちゃの短銃を前に長い協議を重ねた結果、

「これをもし、あなたが機上で出したりすると、他の乗客がびっくりするから、東京まで預かっておきます」

と、いうことになった。

「ああ、結構です」

その手つづきが、また、長い。

ポリスの一人が、自分の拳銃を私に見せて、ウインクをしながら、

「あなたの銃より、こっちのほうが実用的だ」

と、いった。

「だが、こっちのほうが芸術的だ」

いいかえして片眼をつぶって見せると、彼は、

「古いむかしのころは、芸術と実用とが一致していた」

と、肩をすくめた。

ニースとマルセイユ

秋のはじめのころ、パリから西へ、さらに北へ旅をつづけると、日毎に冷気が加わり、ブルターニュやノルマンディーへ入れば、たちまちに晩秋の様相となって、雨のように落葉が降り、灰色の空からは細い冷雨が降っては熄み、熄んでは降る。

ところが、パリから南へ下るにつれ、太陽は夏の輝きを取りもどしはじめる。パリのリヨン駅から夜行列車でマルセイユに着けば、一夜のうちに秋から夏が来たようなおもいがする。

はじめて南フランスへ行ったのは六月の中ごろだったが、紺青の空と海の色が、ほとんど同じで、その境界がわからぬほどの鮮烈さだった。

マルセイユの旧港で車を降り、汐の香りをふくんだ爽《さわ》やかな微風に躰をなぶらせながら、夜行列車で凝《こ》った躰の筋肉を軽い体操で解《ほぐ》したときの気分は、何ともいえないものだった。

サン・トロペでは海辺りのレストランで鰯の塩焼を食べた。ニースの旧港のレストランではブイヤベースを食べた。

夕食の前に、遊歩道前のカフェ・レストランでシャンパンをのんだとき、連れの一人がグラスを床へ落として割ってしまったら、すかさず給仕監督《ジェラン》がやって来て、「いまから、あなたに運がついてきました」

と、いった。さすがにニースである。

だが、その夜の、その人のカジノでの成果は、あまりよくなかったらしい。

二度目のニースは、秋の雨の日に立ち寄った。

シーズンも終った、秋の真昼の雨に包まれたニースは、まるで化粧が剝《は》げ落ちた年増女のようだ。

そこで私たちは、オート・ルートをマルセイユへ引き返し、真青に晴れあがった空の下へ出て、市街を外れた海岸の〔プチ・ニース〕という瀟洒なホテルへ泊まった。

一夜で、私は、そのホテルの人たちと仲よくなってしまい、翌朝は八十をこえた老婦人（御隠居）がオムレツを焼いてくれたのだった。

フランスの田舎

去年の初秋。

フランスの田舎を二十日ほどまわって歩いたが、ほんとうによかった。

パリをはじめ、その他の都会は、東京と同じような車輛の洪水だったが、そこから三十分も自動車で離れると、まるで別世界へ来たような田園風景が展開される。日本のように、都会も田舎も、気ちがいのような車輛の氾濫は全くない。

どこへ行っても満足だったが、ペリゴール地方のレ・ゼジーという田舎の保養地の可愛らしいホテル〔クロマニヨン〕には、おもわず二泊してしまった。

このあたりは、ストラスブールとならぶ有名な〔フォアグラ〕の産地で、ホテルは、いずれも料理自慢で、泊まったホテルで食事をすることを条件にして、客を受けつけるほどだ。

〔クロマニヨン〕は、日に二回ほど列車が通る小さな駅の前の、個人の邸宅のようなホテルで、中年の主人夫婦が先に立ってはたらいている。

パンはもちろん、鶏も野菜も、フォアグラも卵も、みんな自家製だ。

さすがに、新鮮そのもののフォアグラとトリュフをたっぷりとつかった前菜がうまくて、翌日も食べた。川鱒《かわます》も近くの川で釣りあげたばかりのものだし、自家製の鴨《かも》のハムも旨い。

卵にも鶏にも野菜にも、忘れかけていた、それぞれの味と匂いを私の舌によみがえらせてくれた。

こうして田舎をまわり、パリへもどって来ると、パリが色褪せて見える。

だが、日本にも、田舎の味わいを洗練されたもてなしでたのしませてくれる保養地がないではない。その一つは九州の由布院であろう。

木曾路小旅行

つい先ごろ、信州の松本から、木曾路を中津川へぬけてみた。

二泊三日の小旅行だが、木曾路は八年ぶりだった。

松本のホテルへ泊まった夜は、なつかしい〔竹乃家〕で夕飯をとった。

松本に住む人で〔竹乃家〕を知らぬ人はいまい。

五十年もの〔歴史〕をもつ中華料理店だが、何を食べてもうまい。

ほんとうに、日本人の舌に合った中華料理なのだが、たとえば焼豚《チャーシュー》ひとつとってみても、むかしの本格の〔カマド〕で焼いた、すばらしい焼肉だ。

焼肉、シューマイ、ギョーザ、酢豚、焼きそば、カツ丼など、一つずつとって四人で食べて、ビールが四本。

腹いっぱいみち足りて、勘定はというと一万円でオツリがくるのだ。

現代の奇蹟といってよい。私は竹乃家の、むかしに変わらぬ経営ぶりに感動した。

翌日は、新緑にむせかえるような木曾路を奈良井から福島へ向かう。

六月初旬の、この季節は観光客が絶えているから、何処へ行っても快適なのである。

「昼は、くるまやにしよう」

と、福島で有名な蕎麦屋〔くるまや〕の入れ込みへ入り、先ず、ビールにもりそば。

この季節に、まだ〔すんきそば〕をやっていたので、それもたのむ。

この店は創業三百年という。山菜のすんき漬をかけそばの上へのせた〔すんきそば〕は、ほかでは口にすることができまい。

この夜は、妻籠《つまご》の生駒《いこま》屋へ泊まった。

何度も妻籠を通っている私だが、この〔重要伝統的建造物群保存地区〕に指定され、むかしの中山道《なかせんどう》の宿場そのものが残され、電線さえも地下に埋め込まれ、コーヒーも売らぬという妻籠へ泊まったのは、はじめてのことだった。

泊まった生駒屋の、家族ぐるみの行きとどいた、あたたかいもてなしにも、私は瞠目した。

新鮮な鯉の料理、あるじが毎朝、採ってくる山菜など、いずれも旨い。

こういうところは、やはり泊まってみなくては、よさがわからぬ。

夕暮れからは、観光客の姿も絶えてしまい、木曾の宿場の夜の闇に、夢のような灯《あか》りが格子《こうし》窓の奥から洩れてくる。

生駒屋の二階座敷の手すりにもたれ、宿場の道をながめながら、私は、ふと、街道の向こうから妻籠へ入って来る提灯《ちょうちん》を見た。
その提灯の人が生駒屋へ入り、草鞋《わらじ》をぬいだ。
だれかとおもったら、藤枝梅安だった。

冬の金沢

加賀の金沢へは何度も行ったが、冬の金沢を訪れたのは、ただ一度きりである。

それなのに、そのときの印象が最も強い。もう十五年も前のことだ。

第一夜は金沢の近郊の、有名な湯涌《ゆわく》温泉の大きな旅館へ泊まった。この宿は、その豪華さで戦前から知られている。

湯涌は雪に埋もれていた。ひろびろとした新館の座敷の暖房が、それだけにたのしかった。

つぎの日も雪だった。

そして、どこの宿でも、この季節ではかならず子ヅケ（タラの刺身に子をまぶしたもの）が出た。

当時は、車輛こそ増えて、城下町特有の街路の通行が渋滞《じゆうたい》しかけていたけれども、古い城下町は、まだ必死に近代化の攻勢に反抗しているようだった。

ふりしきっていた粉雪がやむと、鎌のような三日月が頭上に浮かび、

（これで明日は晴れる……）

そうおもっていると、夜更けから、また雪になった。

このような、きびしい冬に閉じこめられて暮らす金沢人は、その生活の場における色彩を、つとめてゆたかに、しようとこころがけたのであろう。

それは、たとえば、古くからつたわる加賀料理の器物や色彩を見ればわかる。

市中のある料亭で食べた鉢肴《はちざかな》は、美しい蒔絵《まきえ》の盆に、おにえずし、あまさぎの甘酢漬、かぶらずし、干口子《ひぐちこ》などが色彩もあざやかに盛りつけられていたし、その店の主人の好意で特別に膳へのぼった加賀雑煮《ぞうに》の美しさにも目をみはったものだ。

椀の中に、餅を囲んでセリの青、エビの赤、針しょうがの黄、黒豆の黒という配色は、加賀の国の四季をあらわしたものだそうな。

寒気と雪に抱きすくめられた冬の風土に生きる金沢人の色彩への憧憬の強烈さを、私はそこに感じた。

大樋《おおひ》焼の窯元《かまもと》を訪問したとき、雪囲《がこ》いに包まれた邸宅の薄暗い客間で、薄茶と柚子《ゆず》の香りのする菓子をいただいたときも寒かったが、東廓の花街の、料亭で酒をのんだときの寒さも格別だった。

だから酒がうまい。

雪がみぞれに変わった夜、私は街へ出て古道具で〔旗源平《はたげんぺい》〕という昔の遊び道具や、古い加賀人形を買ったりした。

雪の浅野川のながめはすばらしかったけれど、雪の兼六園は意外につまらなかった。

兼六園は桜が咲くころがよい。

雪景色というものは、平凡な風景を美しく変えさせてしまうかわりに、美しい風景を平凡にさせてしまうこともある。

いまの金沢はずいぶん変わった。

花街や料亭で、寒さにふるえることもないだろう。

人びとの冬の暮らしは、ずっと暖かくなったにちがいない。

そのかわりに金沢人が失ったものも少なくないだろう。

寺町の忍者寺（妙立寺《みょうりゅうじ》）は、いまも、むかしのままになっているだろうか。この寺は、ほんとうにおもしろかった。小説にしたいとおもいながら、いまだに書いていない。

日本の宿

旅館やホテルは、その国の文化の象徴である。

温泉地の旅館。

古都の旅館。

新しい観光地の旅館。

商業都市の旅館。

山岳地帯や海岸の旅館。

小さな町の旅館。

小さな、細長い島国の日本の風土と季節感は、まことに多彩なのだ。

それぞれに特殊な〔顔〕をもっているわけだから、その〔顔〕を活《い》かした旅館であってこそ、「真の、日本旅館」と、いえよう。

フランスの田舎などには、古い城館を、そのままに残したホテルがいくつもあって、バスルームとトイレットのみが最新の設備をしてある。

何といっても、旅館は清潔が第一だ。

卵もミルクも、肉や野菜も、みな、その土地でとれるもので、料理にも、それぞれの郷土色が濃い。

こうしたホテルは、自分たちの町や村に根強い誇りを抱いていて、ホテルにはたらく少年少女たちにいたるまで、たとえば、首都のパリなどには見向きもしない。

フランスにくらべると、日本の風土は層倍の色彩をもっているはずだ。

その色彩を、旅館の建物に、寝具に、食膳に活かして客を迎えてもらいたい。

また、そうした旅館は、日本にも残されている。

古都の高級旅館も、山間の街道に沿うた小さな旅館も、それなりの特徴を活かすことが、たいせつだろう。

高級ホテルの、ぜいたくな寝具と、アイロンのきいたシーツの上に眠るのもよし。

山村の旅館の、アイロンこそかけてないが、洗いたての、太陽の香りをたっぷりと吸い込んだ、ゴワゴワしたシーツの上へ身を横たえる気分もよい。

つまるところは、「清らかに、客をもてなしたい」と願う旅館やホテルの人びとのこころが、客に安らぎをあたえてくれるのだ。

私たち客も、それをもとめよう。

もとめることによって、あたえられる。

自分たちの日常の暮らしにはないものをもとめる。
それが、旅である。
それが、宿なのである。

こころとこころ

〔ホテル〕での宿泊をたのしむということは、料亭やレストランと同じように、やはり何度か同じホテルへ泊まってみて、そのホテルの性格や機能が自分の肌に合い、ホテルの従業員とも顔見知りになるということが、いちばんよいわけだ。はじめて泊まったホテルで、たった一夜をたのしむということなら、和風旅館ではもとめられないホテル共通の機能を利用するだけにとどまる。

ホテルには立派なロビイが設けられてい、これは泊まり客共通の応接間であり、レストランやバアの設備はむろんのことだし、夜間の外出がいくら遅くなっても、ホテルは二十四時間、玄関の扉を閉めることがないから、いささかの気がねもなく何度でも出入りができる。

また、ホテルで食事をとらなくてもよいから、高価な部屋へ泊まり、外で親子丼か何かですましておき、一夜の眠りを豪華な客室でたのしむことも可能だ。しかし、ホテルでは、客室以外の設備に金をつかってもらわぬと、あまり儲けにならない。

いずれにせよ、小さなホテルほど、従業員の目もゆきとどくし、客との接触も深くなる。

世の中の移り変わりは、ホテルにも和風旅館にも、すぐさま影響をもたらす。

老舗といわれる大ホテルでも、電話の交換手からフロント、予約係など、むかしのように安心しきってはいられぬようになってきつつある。

二度、三度と念を押して予約をしたにもかかわらず、客室を間ちがえていたり、予約が消えていたりする。

そして客室へ入ると、灰皿を置き忘れていることもある。

〔ホテル〕のみならず、近ごろの若者たちは、自分の仕事に対する責任感が薄れつつあって、しかも、こうした若者たちを雇わざるを得ないのだ。

「君、これこれのことをたのむよ」

と、たのんだつもりでもあぶない。たのまれた方では報告もしない。それが当然だとおもっているのだろう。申すまでもなく、若者のすべてがそうなのではない。この問題をつきつめて行くと、いくら書いても書き切れない。

つまるところ、そういう世の中になってきたということだ。

また、あるホテルでは、チェックアウト・タイムがすぎるまで、エレベーターを地下まで下ろさなくなった。これは、泊まり逃げ、食い逃げをする客を防いでいるのだ。客もまた、ホテルを荒らし、ホテルを警戒させ、ホテルの性格まで変えてしまう。こうなってはホテルへ泊まるたのしみも何も、あったものではない。

名を知られた大ホテルへ泊まって、朝の食堂へ行き、部屋へもどって来ると、まだチェックアウト・タイムにもならぬのに掃除婦が掃除をはじめている。むかしは、こんなことはなかったが、いまは、少しもめずらしくない。

近ごろ、大阪へ行くと〔大阪グランド・ホテル〕へ泊まるが、ここは以前のままで建物を増築したりしていない所為か、何かにつけてよく手がまわり、行きとどいている。

客室へ、泊まり客のネームをつけたスリッパを用意したりして、客との親しみを得ようとしている。何でもないことだが、自分の名前入りのスリッパを出されて不愉快になる客は、おそらくいないだろう。

〔ホテル〕をたのしむには、親しいホテルマンを一人でもつくっておくことがよいだろう。

その方法は、各人それぞれのやり方でよい。客の、ちょっとした心づかいを、ホテルマンは忘れないものだ。

そして、泊まってみて、気に入った部屋があれば、その番号をおぼえておき、つぎの折の予約に利用する。ホテル側も安心する。

いずれにせよ、もてなす方と、もてなされる方との心のふれ合いなくしては、たのしむことも当然、通り一遍《いっぺん》のものでしかなくなる。

私は、フランスの田舎をまわって、一夜の泊まりを何度もしているが、嫌なおもいをしたことは一度もない。

フランスの田舎には、小さな城や、旧貴族の居館が、ホテルになっているところが少なくない。

それぞれに、むかしの風情を残していながら、浴室と洗面所だけは最新式の設備をほどこしてあり、部屋数も少ないから、ただ一夜の泊まりでも、ホテル側と客との親しみがわいてきて、忘れかねる思い出が残るのである。

一昨年の初秋に、マルセイユ郊外の、地中海に面した海辺の〔プチ・ニース〕というホテルへ泊まった。むかしの貴族の館で、小さいが、すばらしいホテルだった。

夕飯のとき、若い給仕がワインをデキャンターへ移しているとき、手もとが狂ってデキャンターを床へ落とし、これが音をたてて割れ散った。

客の前での、この失態に若い給仕は顔面蒼白《そうはく》となって立ちすくんだ。

こうしたとき、私は、どうしても給仕の身になってしまう。立ちすくみ、ふるえている彼の手へ、日本の布製のカレンダーをプレゼントして、肩を叩いて笑いながら、うなずいて見せると、彼はすっかり感動してしまい、食事が終ったとき、

「明朝は非番で出られませんが、ムッシュウが、たのしい旅をなさるよう、祈っており

ます」

と、あいさつをしてくれた。

この様子を、食堂で客のサーヴィスに当たっていたホテルの主人も見ていたし、給仕の口からホテルの人びとへ、このことがつたわった。

翌朝、主人の母親で八十五歳になる老女が、

「どうしても、ムッシュウのオムレツをつくりたい」

そういってくれて、料理場へ入り、家庭オムレツの神髄《しんずい》ともいうべきオムレツを私に焼いてくれたのだった。

それから出発までの三時間ほどの間に、私たちはホテルの主人夫婦や老母と、すっかり打ちとけ、私が老女へカラー写真入りの著書を進呈すると、マダム（主人の妻女）が、すかさず飾り棚からバター壺を取って私にプレゼントしてくれ、頰を出してキスをせよという。

八十五歳の老女にもキスすると、大変によろこび、

「ムッシュウは、私のいいひと《アミ》」

と、いう。

前夜の、私の、ちょっとした心づかいが、このように一夜の泊まりを忘れがたいものにする。

もっとも、双方の心づかいが、双方に通じ合わなくては、どうしようもない。

フランスの田舎は、パリではない。現代のパリはフランスではないのだ。日本では、上高地あたりの山の中でも、都会をまねた、泥くさくて鼻もちならぬホテルが増えてきている。その無神経さは、筆舌につくしがたい。

同時に、泊まり客の荒れ方もひどい。

深夜のホテルの廊下で大声でしゃべり合い、笑う。その傍若無人《ぼうじゃくぶじん》ぶりには呆れ果てることがある。

日本では、すべてに、チップの習慣が失われてから、人びとの心が通じ合わなくなってしまった。かたちにあらわさなくては心も通じないのである。

巻末対談

生き方を教えてくれる池波さん

（作家）山本《やまもと》一力《いちりき》 ×
（文芸ジャーナリスト）重金《しげかね》敦之《あつゆき》

重金　山本さんと池波作品との出会いというのは？

山本　おふくろが池波さんにのめり込んでいましてね。おふくろは「鬼平」さん一本槍で、和裁をやる脇にいつも「オール讀物」が置いてあって、何べんもくり返し読んでいました。私自身の池波作品との出会いというと、『食卓の情景』になりますね。

重金　昭和四十七年から四十八年に「週刊朝日」で連載したエッセイで、私が担当したものですね。池波さんは「鬼平」シリーズなどで、乗りに乗っている時代でした。

山本　『食卓の情景』を初めて読んだ時のことは今も忘れられません。数寄屋橋の旭屋書店で新潮文庫版を買って喫茶店で読み始めたんですが、矢も盾もたまらなくなって、山手線で目黒の「とんき」にすっとんで行きましたよ。池波さんが「潑剌とした乙女がキャベツのおかわりをしてくれる」と書かれていて、それも楽しみでねえ（笑）。

重金　あの「とんき」は池波さんが税務事務所勤め時代から通っていた店なんです。当時の店は、山手線の外側を恵比寿方向に行くと右側が崖になっていて、その崖から崩れ落ちんばかりの場所に建っていたんです。その頃から人気の店でした。あの辺りも区画整理されて、戦後のバラックみたいな雰囲気は今ではすっかりなくなりましたが。

山本　『食卓の情景』を読んで、蕎麦の「まつや」や「松栄亭」という洋食屋、料亭の「花ぶさ」にも行きました。私は旅行会社に勤めていたんですが、旅行屋というのは年がら年中、弁当の手配をしていますから全国の駅弁や弁当には詳しいんです。でも、「花ぶさ」で食べた弁当は黒塗りの器で出てきましたから驚きましたね。思えばあれが、生まれて初めて食べた松花堂弁当でした。池波さんの随筆から教わったことはとても多くて、例えば蕎麦は真ん中からつまんで食う、わさびをつゆに溶かしたら味が変わってしまうから、辛味がほしければ七味を蕎麦にふりかけろ。いまだに言われた通りにやっていますし、その方がうまいんですよ。

重金　池波さんが書く食べ物は、特別なごちそうが出てくるわけでもないんですが、すごくおいしく感じるんですよね。

山本　そうなんですよ。ただ、池波さんの書かれた通りに作っても、全然うまくねえなあというのもずいぶんありましたけど（笑）。小鍋だてなんて、わざわざ道具まで買い揃えてやってみたけど、大根がうまく煮えなかったりして。

重金　そういう方も大勢いらっしゃいます（笑）。家庭でやるのなら、大根は最初にちょっと湯がいておかないと（笑）。

＊

重金　池波さんの小説との出会いというと？

山本　最初は『剣客商売』です。第一話「女武芸者」に出てくる三冬さんに惚れましてね。三冬がどんなにいい女かと想像をめぐらして、「小説新潮」の中一弥《なかかずや》さんの挿絵と私の想像する三冬とはイメージが違うなあと思ったことを鮮明に覚えています。

重金　池波さんは、『鬼平犯科帳』は警察小説というか司法、官の小説、『剣客商売』は家族小説、『仕掛人・藤枝梅安』は殺し屋の世界と、三つをうまく書き分けられていましたね。植草甚一さんが朝日新聞社の『池波正太郎作品集』の全巻に解説を書いてくださったんですが、その中で、「オール讀物」の発売日に電車に乗ったら、サラリーマンが二人「オール讀物」を読んでいて、二人とも読んでいるページが後ろの方である、つまり二人とも「鬼平」を読んでいた、と（笑）。

山本　なるほど。開いているページの場所で何を読んでいるかわかるんだ（笑）。

重金　山本さんのお母さんのように、池波作品はみんなくり返し読むんですね。常盤新平さんも書いていらっしゃいますが、いいことがあった時に読むし、ちょっと落ち込んだ時にも読むと。ああいう作品は他にはないんじゃないでしょうか。

山本　ないでしょうね。今の二十代でも、「鬼平」を読んで、どんどん読み進んでいくという人がいます。若いなりに、大人から教わりたいという人はいるものですよ。池波さんは生き方を正してくれる人ですから、若い人にも必ず伝わるんです。しかも、決して説教くさくならずに、物語の中でちゃんと正してくれるんですから。

重金　お説教になっちゃったらおもしろくないですもんね。司馬遼太郎さんなどは、晩年は多少ご高説拝聴といって持ち上げた感じになったところがありましたが、池波さんは論を張るのが好きじゃなかったし、先頭に立って旗を振ることは絶対にしない人でした。

山本　きっとシャイだったんでしょう。

重金　東京人、江戸っ子のシャイということでしょうね。池波さんは司馬さんと親交があって、司馬さんがまだ大阪の団地に住んでいらした頃、池波さんが訪ねて行って正調どんどん焼を作って食べたと聞きました。

山本　それはいい話だなあ。私の担当編集者で池波さんと仕事をしたことがある人間というのはもう皆無でしてね。文藝春秋の役員の寺田英視《ひでみ》さんに話をうかがうと、池波さんは非常に気の短いところがあって、怒りっぽかったとおっしゃるんですが、やっぱり短気な方だったんでしょうか？

重金　どちらかというと短気でしょうね。江戸っ子の特徴というか我慢しないというのか。江戸っ子にとっては「あいつは気が利かない」というのが最大の侮蔑語ですから、気が利かないと言われないように、という意識が高じて短気になっちゃう。

山本　締切前に絶対に原稿を仕上げるなんていうのも一種のせっかちだろうし、そこに池波さんの矜持《きょうじ》もおありだったんでしょうね。

重金　お母さんが危篤になられた時も、まず原稿を書き始められたそうです。もしも亡くなったら葬儀だ何だで時間を取られてしまう。それで原稿を休むわけにはいかないから、と。錺《かざり》職人のお祖父さんを見て育っているので、池波さんは作家も職人だという意識がおありだったでしょうから、締切のずい分前からコツコツやっていました。

山本　何があっても約束の時間を絶対に守るというのは本当にすごいことですよ。

重金　「オール讀物」で池波さんと長部日出雄さん、井上ひさしさんとで映画の座談会をしたとき、案の定、井上さんが遅れてきた。座談会の間中、池波さんは井上さんのことを一顧だにしなかったと、井上さんご自身がお書きになっています（笑）。その一方で、井上のひーちゃん、なんて言ったりもするわけで、池波さんは自分の怒りをうまくなだめるバランスもお持ちだったんでしょう。

山本　それだけ人間が成熟していらしたんだなあ。その錺職人のお祖父さんとは、震災後の昭和の初め頃に、一緒に上野の展覧会に行ったりされていますよね。

重金　そうですね。あの時代の下町の家族像とでもいうんでしょうか。錺職人なんて、コツコツやったってそんなに大金持ちになるわけない。地道にやって喰うに困らないくらい稼いで、あとは芝居を観たり、寄席に行ったりね。そんな、お金儲けだけがすべてじゃないという生き方は池波さんという人間にも大きく影響したんでしょう。だけど、自分は株の手張りで年齢不相応の大金を手にしちゃうところがおもしろいんでね。

山本　私が初めて池波さんのお宅に伺ったのは直木賞をいただいた年で、文春の寺田さんに連れて行ってもらったんですが、そのたたずまいには正直言って驚きました。玄関脇の小さな応接間には古いテレビと応接セットがあるだけ、階段を上った左側におふくろさんと豊子夫人の部屋、右側に池波さんの書斎があるんですが、これも本当にささやかな感じのものでね。三階部分に書庫があるんだけど、向かい側は物干し場になっている。ただ、トイレとバスルームは、当時としては一番いいものを使って作られたように見えました。生き方が本当におしゃれな方だったんですね。

重金　池波さんの収入を思えば、確かにもっと立派な家に住めたと思います。昭和四十年代の後半、バブルよりは前ですが作家も儲かるようになって、中間小説誌に「作家の新居拝見」なんてグラビア特集も組まれたりしましてね。池波さんは豪邸の写真を眺めては、「みんなすげぇ家を建てるねぇ」なんて（笑）。池波さんも奥さんも、ちょっと窓を開ければ隣近所が見えて、「お宅の猫が来ましたよ」と言い合える、江戸のような下町的なコミュニティが気に入っていらしたんじゃないでしょうか。

山本　池波さんがなぜあんなつましいお住まいで過ごされたのか、今ならわかるんです。私も日によっては締切が三本も重なることがあると、ひとつ仕上げて眠くなったらそのままごろんと横になり、目覚めたら次の作品に取り掛かる。ましてや池波さんは手書きで月に五百枚も書かれることがあったわけですから、住まいはあれでよかったんですね。ただ、どうやって仕事の気分を切り替えていらしたんだろうと不思議だったんですが、音楽を聴かれたそうですね。カセットテープがジャズやスタンダード、映画音楽などジャンル別に揃っていました。私も原稿を書こうとパソコンに向かっても、すぐには興に乗らないことがあって、特に一本仕上げた後は、身体もインターバルを求めるんです。そんな時は音楽をかけて、ぼんやりと時間を過ごして頭を切り替える。池波さんも同じことをされていたんだとわかって、嬉しかったですねえ。

重金　池波さんも切り替えにはずいぶん苦労されたようで、なかでも一番神経を使うのは合戦の場面だったそうです。合戦だけで何十枚も書かなきゃならない時などは、気分を盛り上げるために生卵を二つ飲んだりして。ですから、仕事に向かう藤枝梅安に生卵を飲ませるのは、池波さんご自身の体験を語っていらっしゃるわけですね。

これも有名な話ですが、池波さんは原稿を入れる封筒を色違いで八種類、原稿用紙も三、四種類作っていました。「鬼平」をピンクの原稿用紙で書き始めたら最後までピンクで通す。でも「鬼平」がピンクと決まっているわけじゃなく、そうやって気分転換を図っていたんでしょう。そして、原稿は商品なんだからちゃんとした封筒に入れて渡さなきゃならないと言って、いつもきれいな封筒に入れて渡していました。

山本　それは私も真似しています。物書きにとっては原稿用紙が商品ですから、中身はともかく、形としてきちんとしたものを渡すのが礼儀ですよ。

重金　出来上がった原稿をお使いの人に渡すのはたいてい奥さんの役目でしたが、池波さんは奥さんに、相手がどんなお使いの者であっても原稿はきちっと渡しなさい、と常々注意されていました。作家によっては、くぐり戸の上から放り投げるようにして原稿を渡す人がいると編集者が噂するのを聞いていらしたんですね。

＊

山本　池波さんのおっしゃることは、どれも今の時代を生きていく上での大きな教えですが、なかでも私が絶対に続けなきゃいけないと思っているのがチップです。池波さんは小説の中でもいろんな形で祝儀を渡しますよね。小僧に小遣いをあげたり、部下をねぎらったり。池波さんご自身も、きっと祝儀の渡し方が上手できれいだっただろうし、額もほどほどをわかっていらしたと思うんです。ご自分の小僧時代に、祝儀をもらう喜びと、祝儀に込められた相手の気持ちの両方を大事に受け取っていらしたんでしょうね。今、お寿司屋さんなんかで「お釣りはいいですよ」と言うと、女将が職人に「いただきました」と言ってスッと受け取ってくれる店はいいんですが、「いえ、けっこうです」

と固辞されたりするとこっちも困ってしまいます。別に威張って祝儀やチップを渡すわけじゃないんですから（笑）。

重金　タクシーに乗る時も、事前に小銭を用意しておけとよく言われました。タクシーでお釣りをもらうなんて、池波さんには考えられないことだったんでしょう。このごろのタクシーはお釣りが面倒なのか、逆にまけてくれたりしますが（笑）。

山本　私が池波さんの言葉の中で一番大切にしているのは、「人間の気持ちっていうものは、いくら自分で思っていても何かで表さないと通じないんだよ。だから、煎じつめていけば、男の財布ってのは、そのためにある」という言葉なんです。生きていく上でいつも私を律してくれる名言ですね。池波さんは、人と人とがいい形で生きていくためには、いかにお金や物が潤滑油として大事かということをお父さんやお祖父さんから受け継いで身体の芯に取り込んでいらした。つまり、身銭を切ることの大切さをわかっていらしたんでしょうね。

重金　『食卓の情景』の取材でも、時には池波さんが「今日は俺が出すよ」とおごってくれましたよ。会社が払う場合も、「今のいくらだった？」と聞いてきて、「安いな」とか「高ぇな、ここは」なんて言ったりしてね。池波さんがおごってくれる時もつい、「いくらでした？」なんて聞くと、ちょっと嫌な顔をしてましたけどね（笑）。一緒に旅行に行って泊まる時なども、「池波さん、祝儀はいくらぐらいですかね？」なんて相談したりしました。もちろん祝儀は自腹で払いましたよ（笑）。

山本　明らかに仕事の場合は別として、私も編集者を誘った時は、「冗談じゃない、こっちが誘ったんだから俺に出させろ」と言うんです。そういう息遣いみたいなものを覚えていってくれるといいなあと思いますね。きれいに生きていくためには、見栄を張らなきゃいけない。見栄を張るとは、つまりやせ我慢をするということです。今の人間は本当にやせ我慢をしなくなったでしょう。日本橋三越の向かいにある「宇田川」というとんかつ屋の親方がしみじみ言っていました。サラリーマンで役員をやっているような人は、自分が職に就いている時には肩で風を切って部下を引き連れてやって来てくれるありがたいお客だけど、そんな人が会社を退職した後は、千円の定食すら食べに来ない。月に一度でもいいから、一番安い定食でも食べに来てくれたら、お元気ですかと話もできるのに、と。あの守屋（武昌・前防衛事務次官）やくそったれ役人どもも、上手に身銭を切ることができればあんなに卑しくならなかったはずです。池波さんが生きていらしたら、今の日本を見てどんな風におっしゃったでしょうね。

重金　ロッキード事件の小佐野賢治や児玉誉士夫は、悪いなりにも強いキャラクターを持っていましたよね。

山本　小佐野にしろ児玉にしろ田中角栄にしろ、本当の意味での領袖《りょうしゅう》でしたよ。それに比べて今はせいぜいが「おねだり次官」でしょ。石田礼助の言葉に「粗にして野だが卑ではない」というのがありますが、今の時代、上に立つ人間の卑しさたるや救いがたいものがあります。池波さんの描く悪《わる》に魅力があるのは、やっぱり本物だからですよ。本物の悪《わる》が存在していればこそ、その対抗勢力としての善の部分も光り輝けるわけですから。

重金　池波さんはよく「人は良いことをしながら悪いことをする。悪いことをするような人間にもいいところはあるんだ」とおっしゃっていました。池波さんがあれほどパリを愛したのも、あの都市がいい部分と悪い部分とを併せ持っていたからだと思います。昔、NHKにいた磯村尚徳《ひさのり》さんが言った言葉ですが、「パリにはすべて本物がある。乞食も本物の乞食なら、掏摸《すり》も本物の掏摸だ」と。善人だろうと悪人だろうとあらゆるものが本物なんですね。それが、池波さんの思う「江戸」とうまく一致して、パリを好きになったんでしょうね。

山本　結局、池波さんは清濁併せ呑むことを自分の生きる道としてやっておられたわけで、怒りも喜びもすべて本物だし、そういう部分は非常に激しい方だったんだろうと思います。人は誰しも自分の内に本能的に善と悪を住まわせているもので、善だけで生きていけるわけじゃない。池波さんが描く悪《わる》が魅力的なのは、悪玉である一方、実生活においてはきっと優しくて素晴らしいおやじなんだろうなと思わせてくれるからなんですね。池波さんはそんな悪玉に対する思いを、読者がしっかり掬《すく》い取れるように書かれています。最近、ボクシングの亀田親子が話題になりましたが、謝罪会見で長男が、「人からは悪いように見られているかもしれないけど、自分にとっては世界一のオヤジだ」と言ったでしょう。やっぱりあれは泣けるわけです（笑）。

（二〇〇七年十一月）

解説

平松洋子

本書『一年の風景』の単行本が刊行されたのは一九八二年、池波正太郎五十九歳のときである。同年には、五十代から行き始めたヨーロッパへ四度目の旅行をしている。心身の充実に満たされていた時期ではあったけれど、いっぽう、ふとしたときに体力の衰えを実感するようにもなっていた。いよいよ五十代最後の年、来し方行く末に思いを馳せながら、ふと覚える一抹の不安、寂寥感。じっさい三年後、六十二歳のとき、気管支炎により喀血、初めて入院生活を送っている。その翌年に母、鈴が死去。流行作家として自他ともに認める旺盛な執筆ぶりを続けてきた池波正太郎にとって、五十九という年齢は、いみじくも当の本人が予感した通り、なにかの節目だったのかもしれない。

だからというべきか、数ある随筆集のなかでも、本書の醸し出す陰影はとりわけ色濃く、深い。それは、池波正太郎が自身の動揺を隠さず、むしろ心情を率直に吐露しているからだ。センチメンタルなのではない。「(もっと、もっと狂いたい……)」と切羽詰まった思いを抱きながら、「(いのちがけになれない……)」自分を苦々しく眺め(「浄瑠璃素人講釈」)、これまで先祖のことなど考えもしなかったのに、越中・井波の宮大工だったという父方の先祖ゆかりの土地を訪ね歩いたりもする(「越中・井波――わが先祖の地」）。また、自分の仕事を後世に遺したいとは思わなくとも、「自分がたのしみにしているものが書けるかとおもう」（「年末年始」）と綴っており、作家としての欲望は枯れてはいない。老いという未知と向き合うにあたっての内面の揺れ、足踏み。あらたな階段に片足だけ掛けた姿が、本書にはあちこちに見え隠れしている。

五十九歳の地点から、自分という人間を俯瞰しようと試みる。たとえば、「伏線について」と題した一編。新国劇の脚本と演出、ついで小説を長く書き続けてきた身にとって、伏線とは、仕事上の図面設計に等しいもの。ところが、自分の書き方は伏線を置かず、「その日その日の綱渡り」「自分のイマジネーションにたよるのみ」なのだと筆を進め、入念に計画したり保険を掛けたりできない自分の生き方に重ね合わせる。しかし、先行きを見通さないまま書いた小説の細部がのちのち思いがけない物語の発展に繫がることも多々あり、自分のありさまもまた偶然の響き合いなのだと書いて小説の書き方を開陳、自分の生き方の癖をさらりと描いてみせる手練れの展開に唸ってしまう。あるいは、「ふたりの祖母」。とても短い一編なのに、まるで舞台の一場面を見たかのような鮮烈な読後感だ。祖母も曾祖母も、名前はおなじ「お浜」、しかも曾祖母は大名の侍女奉公を経験しており、彰義隊と官軍の斬り合いを目撃しているから、稀少な時代の証言者でもある。戦後、海軍から復員してきたばかりの孫に投げかける伝法な物言いは、まるで芝居の科白だ。「お前という人は、ほんとに、ろくでなしだねえ」

一九二三年、大正十二年、浅草生まれ。幼いころから見聞きした東京の気配や人間の息遣いがそのまま心身の内側に（それこそ伏線のように）詰まっており、無数のそれらが頭をもたげた機会を取り逃がさず筆にのせるのが池波正太郎の随筆の流儀である。それが、「昔の味」であり「食べもの日記二十年」であり、「東京の鮨」。しばしば語られる食べものにまつわる話は、もちろんうまいもの礼賛や郷愁ではない。

池波正太郎の書く時代小説のなかで、食べものは季節感や風俗を描くための重要な役割を与えられている。しかし、それだけではない。描かれる食べものの情景に託されているのは、人間の心理や官能。そこに悪事や殺しという人間の負の部分が絡んでいるから、いっそう味わいは深くなる。「剣客商売」「鬼平犯科帳」「仕掛人・藤枝梅安」……それぞれの小説のなかで描かれる駆け引き、策略、深謀遠慮、緊迫感。その展開の途中、途中、食べものが現れる。

冬の夜の、火の気もない二間《ま》きりの小さな家の中で、村松太九蔵は大刀を抜きはらい、血に曇った刀身を凝視《ぎょうし》する。

「まだ……まだ、死ねぬぞ」

村松の唇《くち》から、つぶやきが洩れた。

「まだだ。まだ、十人あまりもいる……」

刀を鞘におさめ、煮えた白粥へ卵を二つ落とし込み、村松は箸《はし》を手にした。
行慶寺の和尚《おしよう》が届けてくれる梅干を二つ三つと食べ、ゆっくりと白粥を口へはこぶのである。

（『剣客商売十二』「十番斬り」）

血に濡れた刀身と白粥のコントラストに驚かされる。凄惨な場面を無垢な白粥でなだめようというのだろうか。

あるいは、こんな場面。気の張る仕掛を終えたあと、梅安ほか三人が顔を揃え、半身の鰹で酒宴を囲もうとする。湯がいた鰹の肩の肉を細かく揉みほぐし、鰹飯に仕立てようというのだ。

「飯へかける汁《つゆ》は濃目《こいめ》がいいね」
「ことに仕掛がすんだ後には、ね。ふ、ふふ……」

（『仕掛人・藤枝梅安』「梅安鰹飯」）

くだくだと説明しない、むだを省いた数行。しかし、生死の淵にふさわしいのは簡素な白粥や梅干しだと言外に語っている。あるいは、非日常の緊張や興奮から解放されたとき、濃い味を欲するのは人間の味覚の生理なのだから、仕掛を終えた男たちの酒宴には鰹飯がぴたりと合う。たとえ未知の食べものでも、ストレートに食欲を刺激され、生つばを飲み込んでしまうのは、血の通う人間の行いとして食べものの場面が描かれているからだ。

全四十二編、折々に綴られた文章を読んでいると、しばしば胸を突かれる瞬間に出会う。『江戸名所図会』ほど頻繁に開く書物はないと書く「恩恵の書巻」では、長谷川雪旦・雪堤父子による江戸の生活の絵に飽かず視線を走らせ、小説の着想を得たりもする。絵筆の動きをつぶさに追う作家の視線には、かつて江戸の気配をまとっていた東京、そこに生きた人々の姿がいきいきと浮かんでいる。時代小説を書くことは、池波正太郎にとって、失われた時間と場所を親しくたぐり寄せ、自身の手で蘇らせて命を吹き込む手立てに違いなかった。

老いの季節の扉を開けることへの畏れを、自身に言い聞かせるかのように、こう書き綴っている。

生きるために食べ、眠り、食べつつ生きて、確実に、これは本当の死を迎える日へ近づいてゆく。
おもしろくて、はかないことではある。

それでいて人間の躰は、たとえ一椀《わん》の味噌汁を味わっただけで、生き甲斐をおぼえるようにできている。

何と、ありがたいことだろう。

ありがたくて、また、はかないことだ。

（「睡眠」）

池波正太郎がこの世を去ったのは一九九〇年、六十七歳。急性白血病と診断され、二ヶ月足らずの入院生活を送ったのちのこと。本書が書かれた八年後だった。不意に訪れた人生の終着点を見据えれば、『一年の風景』はがらりと違ったものに見えてくる。

（ひらまつ　ようこ／作家、エッセイスト）

本作品の中には今日では差別的表現として好ましくないと取られかねない箇所があります。しかし、作者がすでに故人であり、著作権法上、無断の表現変更はできないのはもちろんのこと、作者に差別を助長する意図はなく、それ以上に作品の時代背景を重視し、あえて発表時のままとしました。

編集部

一年《いちねん》の風景《ふうけい》　新装版《しんそうばん》
朝日文庫

2021年12月30日　第1刷発行

著　　者　池波正太郎《いけなみしょうたろう》

発 行 者　三宮博信
発 行 所　朝日新聞出版
〒104-8011　東京都中央区築地5-3-2
電話　03-5541-8832（編集）
03-5540-7793（販売）
印刷製本　大日本印刷株式会社

Published in Japan by Asahi Shimbun Publications Inc.
定価はカバーに表示してあります

ISBN978-4-02-265020-7

司馬　遼太郎
対談集　日本人への遺言

日本の現状に強い危機感を抱く司馬遼太郎が、田中直毅、宮崎駿、大前研一ら六氏と縦横に語り合った貴重な対談集。

内田　洋子
イタリア発イタリア着

留学先ナポリ、通信社の仕事を始めたミラノ、船上の暮らしまで、町と街、今と昔を行き来して綴る。静謐で端正な紀行随筆集。《解説・宮田珠己》

茨木　のり子
ハングルへの旅

五〇代から学び始めたハングルは、魅力あふれる言葉だった——隣国語のおもしろさを詩人の繊細さで紹介する。

遠藤　周作著／鈴木　秀子監修
人生には何ひとつ無駄なものはない

人生・愛情・宗教・病気・生命・仕事などについて、約五〇冊の遠藤周作の作品の中から抜粋し編んだ珠玉のアンソロジー。

アレックス・カー
美しき日本の残像

茅葺き民家を再生し、天満宮に暮らす著者が、思い出や夢と共に、愛情と憂いをもって日本の現実の姿を描き出す。《解説・司馬遼太郎》

萩尾　望都
一瞬と永遠と

人生の意味、雪の情景、忘れ得ぬ編集者、手塚治虫ら様々な表現作品への思い——。独特の感性と深い思索に圧倒されるエッセイ集。《解説・穂村　弘》